HARLEQUIN

Vous aimez les histoires d'amour ?
L'univers médical vous fascine ?
Découvrez vite la série Blanche !
Chaque mois, six nouveautés vous
permettent d'entrer dans l'univers très
fermé de ces hommes et ces femmes dont
le dévouement est légendaire, et qui
finissent toujours par concilier l'amour
du métier et l'amour tout court.

Série blanche

**Quand le mot vocation rime
avec passion...**

L'amour médecin

SALLY BRADFORD

L'amour médecin

COLLECTION ROUGE PASSION

Cet ouvrage a été publié en langue anglaise
sous le titre :
WHEN FORTUNE SMILES
Traduction française de
CHANTAL VAILLANT

Ce roman a déjà été publié dans la collection
DÉSIR
sous le titre
LOU-LA-TENDRESSE
en avril 1990.

Toute représentation ou reproduction, par quelque procédé que ce soit, constitue-
rait une contrefaçon sanctionnée par les articles 425 et suivants du Code pénal.
© 1989, Barbara Bradford and Sally Siddon.
© 1990, 1997, Traduction française : Harlequin S.A.
83-85, boulevard Vincent-Auriol, 75013 Paris — Tél. : 01 42 16 63 63
ISBN 2-280-11106-3 — ISSN 0993-443X

1.

Lou ne l'avait jamais vu. Elle aurait pu le jurer sur la tête de sa meilleure amie. Alors que diable faisait-il chez elle ? Et il l'invitait à entrer, en plus ! Dans son propre appartement !

— Bonsoir. Je m'appelle Alex Carson. Je suis votre nouveau colocataire.

Le ton était courtois, la main tendue, le sourire rayonnant.

— Vous êtes... q-qui ? bégaya-t-elle, effarée.

— Votre colocataire, répéta-t-il patiemment, la main toujours tendue, le sourire plus crispé.

— Vous plaisantez !

Mais la voix de Lou manquait de conviction. Intérieurement, elle savait qu'il disait vrai. Elle scruta le visage légèrement bronzé, les superbes yeux bruns sous la mèche en bataille.

— Comment êtes-vous entré ?

— Votre amie Jenny m'a donné la clé. Celle avec qui vous partagiez auparavant l'appartement, précisa-t-il en remettant sa main dans la poche de son jean.

Il devait la croire débile. Il se mit à lui parler doucement, comme à une enfant mentalement attardée :

— Enlevez votre manteau et mettez-vous à l'aise, je vous en prie. Autant faire connaissance tout de suite, puisque nous allons vivre ensemble.

ISBN 2-280-11106-7 — ISSN 0993-443X

Il ne manquait pas d'aplomb ! Ce crâneur avait un culot monstre ! Lou faillit s'étrangler de rage. Elle le fusilla du regard.

— Mettons les choses au point, monsieur Carson. Vous vous imaginez que vous allez vivre ici ? Dans *mon* appartement ?

— C'est exact.

Oh, ce ton suffisant ! Il l'exaspérait. D'accord, elle était fauchée. Oui, elle devait louer la chambre supplémentaire pour payer son loyer. Mais elle pouvait quand même s'offrir le luxe de choisir elle-même son nouveau colocataire ! Et il n'était pas question que ce soit un homme ! Jenny le savait bien mais elle avait sans doute eu peur d'avoir à verser le prochain loyer et elle avait donné sa clé au premier venu. Eh bien, non ! Elle ne marchait pas dans la combine.

— Alex... Vous m'avez bien dit que vous vous appeliez Alex ?

Hochement de tête et petit sourire suave du crâneur.

— Eh bien, mon cher Alex, je suis navrée, mais je crois qu'il y a un malentendu.

Elle lui fit face de toute sa petite taille. Un mètre cinquante-huit. Auquel elle ajouta toute la hauteur de sa voûte plantaire. Sur la pointe des pieds, étirée au maximum et le menton levé, elle avait l'échancrure de son polo marine — agrémentée d'un duvet brun, très viril — en plein dans sa ligne de mire.

— Il n'est pas question que vous emménagiez ici, insista-t-elle.

— Désolé, mais... c'est déjà fait.

D'un geste du bras, il lui désigna le salon. Son salon ! Elle n'avait encore rien vu, trop occupée à argumenter.

— Oh, nooon !

La main sur la bouche, l'œil écarquillé, elle étouffa un gémissement horrifié. Une montagne de cartons cachait le mur du fond, trois housses de vêtements étaient suspendues à la poignée de la fenêtre, et sur son canapé... son si joli canapé, recouvert d'un chintz fleuri aux teintes subtiles, gris-bleu et pêche abricotée, gisait un attirail digne d'un gymnaste s'entraînant pour les jeux Olympiques : raquette de tennis, haltères, chaussures « spécial-vélo », palmes et masque de plongée... Et son fauteuil, son ravissant petit fauteuil crapaud, si féminin, subtilement abricoté lui aussi, disparaissait littéralement sous... sous quoi ? Un gigantesque aquarium, avec filtre à air, flore plastifiée, galets multicolores et daphnies desséchées ! En quelques instants, son charmant appartement donnant sur une rue tranquille d'Arlington, banlieue résidentielle de Washington, s'était mis à ressembler au grand bazar de la Troisième Avenue.

— Qu'est-ce que c'est que... tout ça ? demanda-t-elle d'une voix faible en balayant l'espace d'un geste vague.

— Oh ! des bricoles. Trois fois rien, juste les quelques affaires dont j'aurai besoin pendant que je vivrai ici. Bien sûr, je n'ai apporté que le strict minimum.

L'aquarium avait balayé ses doutes — s'il lui en restait. Quelqu'un qui était capable d'acheter un joujou aussi sophistiqué pour faire tourner en rond un malheureux poisson rouge était forcément un frimeur et un « yuppie » par-dessus le marché ! Bref, pas son genre du tout. Elle était allergique à la race des « yuppies ». Ils représentaient tout ce qu'elle n'avait jamais eu : une enfance choyée, des études faciles, une jeunesse dorée, des soirées mondaines, le milieu bon chic bon genre, le style B.C.B.G. Les yuppies n'étaient jamais au chômage, ils arpentaient les grandes avenues ou les couloirs des aéroports dans des tennis dernier cri, un cartable de cuir pleine peau à la main, une montre Cartier au poignet, le cheveu lisse, le sourire satisfait. Ils travaillaient dans des bureaux paysagers, pratiquaient le squash ou l'aérobic, et passaient leurs week-ends aux Bahamas. Elle ne voulait pas d'un spécimen yuppie chez elle. La cohabitation était impossible.

Un poing sur la hanche, Lou regarda Alex Carson droit dans les yeux.

— Le strict minimum, vraiment ? Eh bien, tant mieux pour vous ! Car vous pouvez le remporter tout de suite !

— Hé, tout doux, ma belle ! Ne nous emballons pas.

Ses yeux — la couleur exacte du chocolat noir, fort, celui qu'elle préférait, le plus chargé en cacao — pétillaient d'amusement.

— Vous avez bien cinq minutes ? Alors asseyez-vous et bavardons un peu. J'ai l'impression que vous ne vous attendiez pas à tomber sur quelqu'un comme moi.

— Ça, c'est le moins qu'on puisse dire !

Il s'avança pour l'aider à retirer son manteau — qui était d'ailleurs une cape — mais elle recula d'un pas.

— Je peux me débrouiller toute seule, merci, grommela-t-elle.

— Confidence pour confidence, je ne m'attendais pas non plus à tomber sur quelqu'un comme vous, lui déclara-t-il paisiblement.

C'était peu de le dire ! Sapristi, cette fille était un canon ! Absolument ravissante, une créature de rêve, un modèle pour David Hamilton, revu et corrigé au goût du jour. Blonde, très blonde, un teint de porcelaine, d'immenses yeux bleu-gris aux reflets d'ardoise... elle aurait pu être mièvre. Mais les pommettes légèrement saillantes, l'éclat quasi métallique du regard et la bouche pulpeuse, fruitée, la tiraient définitivement du flou romantique pour la faire ressembler davantage à une nouvelle Barbarella.

Le reste serait-il à la hauteur de ce début prometteur ? L'œil aux aguets, le souffle en suspens, Alex attendit qu'elle enlevât sa cape de pseudo-infirmière... et réprima une exclamation. Le spectacle dépassait tout ce qu'il pouvait imaginer. Elle était en effet vêtue d'une mini-robe de mousseline blanche — plus un tutu qu'autre chose — toute pailletée d'or et follement transparente. Dessous, elle portait un justaucorps blanc, moulant comme une seconde peau, qui ne dissimulait rien de ses formes. Des formes plus que parfaites !

Il déglutit, toussota, se balança nerveusement d'un pied sur l'autre.

— Vous vous habillez tous les jours comme ça ?

— Comment, « comme ça » ?

Lou baissa les yeux pour jeter un coup d'œil à sa robe. Il vit ses seins bouger sous la mousseline et s'obligea à en détacher les yeux.

— Je croyais que vous étiez institutrice.

Il essayait désespérément de garder les yeux fixés au niveau du visage de la jeune femme.

— Ma maîtresse d'école avait un genre plus... conservateur.

Elle éclata de rire.

— C'est un costume ! Rien à voir avec l'école.

Elle devait mener une double vie, se dit Alex, perplexe. Docteur Jekyll et Mister Hyde. Institutrice le jour, strip-teaseuse la nuit. Il n'aurait jamais pensé partager un appartement avec une danseuse du Crazy Horse Saloon, mais il avait l'esprit large et entrevoyait déjà certaines possibilités qui étaient loin d'être déplaisantes... Il se mit à débarrasser le canapé.

— Venez donc vous asseoir.

Lou posa sa cape sur l'aquarium, résolue. Il était temps d'agir. Ce type se conduisait comme s'il était chez lui. Et en plus, il était superbe. Toute cette histoire commençait à lui taper sérieusement sur les nerfs.

— Ecoutez, monsieur Carson...

Il lui lança un regard amusé. Tout à l'heure, c'était Alex.

— *Docteur* Carson.

Il repoussa le masque de plongée, laissa tomber les palmes sur la moquette.

— Vous êtes médecin ?

— Dentiste.

— Vous êtes dentiste ! s'exclama-t-elle, alarmée.

Un médecin, passe encore. Mais un dentiste yuppie ! Alex se rebiffa.

— Vous avez quelque chose contre les dentistes ?

« Oui, une dent, comme tout le monde ! » faillit-elle répondre.

— Non, non, pas du tout. Enfin, rien de personnel. Disons que je n'avais encore jamais parlé à un dentiste sans sa blouse blanche.

— Eh bien, nous sommes quittes ! Moi, je n'avais jamais parlé à une institutrice dans une tenue aussi... légère, acheva-t-il, les yeux papillonnant involontairement sur la gorge à peine voilée par la mousseline arachnéenne.

Elle surprit son regard et faillit taper du pied. Quel sans-gêne ! Qu'est-ce qu'elle avait, cette robe, à la fin ? Jusqu'à présent, elle l'avait trouvée plutôt mignonne. Juvénile et sexy. Exactement ce qu'il fallait pour son travail. Elle s'assit tout au bord du canapé, le plus loin possible d'Alex.

— C'est un costume, je vous l'ai déjà dit.

Pourquoi diable s'excusait-elle ? Elle n'avait pas besoin de se justifier sur le choix de ses vêtements, et devant un inconnu, en plus !

— Je suis entre deux jobs, expliqua-t-elle quand même. En fait, il y a eu des réductions de postes dans l'enseignement, et j'ai fait partie de la charrette, les derniers entrés étant les premiers sortis ! Alors, je travaille pour Shehanigans.

— Sheha... quoi ?

Il était de plus en plus curieux. Cela ressemblait au nom d'un bar ou d'un night-club. Il avait vu juste, pour le strip-tease.

— Shehanigans est cette société qui maintient la

12

bonne vieille tradition des messages envoyés par porteur, avec parfois des mises en scène spectaculaires, l'informat-elle tranquillement. Vous savez, le style télégramme chanté avec bouquet de fleurs. On fait appel à nos services pour de nombreuses occasions : féliciter des mariés, apporter des ballons aux fêtes enfantines, des gâteaux aux anniversaires, des livres aux malades et ainsi de suite.

— Vous vous baladez dans les couloirs d'hôpitaux dans cette tenue ?

De nouveau, elle rit, d'un rire mélodieux, cristallin, qui résonna gaiement dans la pièce.

— Non. A l'hôpital, je suis le Gugusse de service. Clara le clown, qui fait rire les enfants. Ce soir, j'ai dû présenter mes vœux à un futur marié, et j'ai mis cette robe pour la circonstance. C'est une robe de mariée un peu... stylisée. Dans notre métier, c'est l'habit qui fait le moine !

Alex secoua la tête. Voilà bien le travail le plus étrange dont il avait jamais entendu parler !

— Donc, si je veux envoyer une grappe de ballons multicolores à mon filleul pour ses dix ans, ou si je cherche une jolie stripteaseuse pour animer une soirée branchée, je n'ai qu'à passer un coup de fil à Shehanigans ?

— O.K. pour les ballons, rien à faire pour la strip... Oh !

Le regard bleu-gris se fit glacial.

— Vous pensiez que j'étais...

— Désolé, murmura-t-il, tête basse.

Elle redressa le menton. Et le buste. Son décolleté se fit encore plus aguichant. Alex détourna la tête. Pourquoi ce satané costume, mi-maillot, mi-tutu, lui titillait-il autant l'imagination ?

Mais Lou n'était pas prête à abandonner le sujet.

— Je devine ce que vous pensez et vous avez tort ! Vous avez tout faux, docteur Carson ! Mon numéro le plus excitant, c'est lorsque je surgis d'un gâteau de mariage !

Alex rit sous cape. Quel drôle de numéro ! Il avait déménagé pour s'installer chez une institutrice bas-bleu, et il se retrouvait chez un intéressant — et appétissant — spécimen d'humanité qui avait pour spécialité de sortir des gâteaux !

— Telle Minerve ou bien armée de vos seuls charmes ?

— Riez, ne vous gênez pas ! Ça m'est complètement égal. Ce job est peut-être stupide, mais il me permet de vivre, au moins !

— Je n'ai pas dit le contraire.

— Evidemment, vous ne pouvez pas comprendre ! Vous touchez un gros chèque chaque fois que vous plombez une dent. Ça se voit à votre attirail de sportif de luxe. Regardez-moi un peu tout ce bric-à-brac !

— Mais j'ai travaillé dur pour me l'offrir ! rétorquat-il, sur la défensive. Et, à ce que je vois, vous ne vivez pas sans rien vous non plus !

— C'est exactement ce que je disais : l'appartement est déjà suffisamment encombré. Il serait manifestement trop petit pour nous deux.

Il haussa les épaules et soupira.

— Bon, je n'insiste plus. Vous avez gagné.

Quel dommage ! Pour une fois qu'il tombait sur le gros lot... Il n'y avait pas plus excitant que cette fille. Il se leva à regret, se dirigea vers la chambre d'ami, celle qui était à louer. Il se retourna, la main sur la poignée.

— Je me chercherai un autre toit demain. Promis.

— Et vous avez intérêt à le trouver, je vous préviens ! affirma-t-elle très haut.

Elle pénétra dans sa chambre et claqua la porte. Qu'il aille au diable ! Elle se déshabilla tout en ronchonnant. D'accord, d'accord, il était séduisant. Tout en muscles, le regard ravageur et le sourire ébouriffant... mais il assurait

14

un peu trop, quand même ! Il semblait tellement à l'aise chez elle, qu'elle s'y sentait presque son invitée. Elle allait se choisir une colocataire car lorsqu'elle se déciderait à vivre avec un homme, ce serait celui de sa vie. Rien à voir avec un dentiste affublé d'un aquarium et d'un masque de plongée !

Le lendemain matin, lorsqu'elle se réveilla, à 9 heures, Alex avait déjà disparu. Son matériel occupait cependant encore une bonne moitié du salon.

Vers minuit, Lou rentra épuisée de sa journée. A la fatigue s'ajoutait l'anxiété des fins de mois difficiles. Comment payer ce maudit loyer sans l'aide de Jenny, ce mois-ci ? Comme d'habitude, elle retira ses escarpins à talons pour grimper les escaliers du vieil immeuble sonore. « Bah, songea-t-elle en tournant la clé dans la serrure, ce n'est pas la première fois que je suis fauchée ! Je trouverai bien un moyen de m'en sortir... »

Elle referma la porte. Ses souliers atterrirent sur la moquette, sa cape voltigea sur le canapé. Tout était calme. Le salon semblait rangé. Alex avait déménagé. Curieusement, sa victoire avait un petit goût amer. Comme si elle avait perdu quelque chose... ou quelqu'un ? Elle haussa les épaules, traversa le salon sans même se donner la peine d'appuyer sur l'interrupteur... et s'écroula dans un formidable fracas.

— Aaah ! Ouïe ! Ouïe !

Ses cris stridents auraient réveillé un mort. En l'occurrence, un dormeur. Alex sauta du lit, se précipita dans le salon.

— Lou ! Que s'est-il passé ? Vous allez bien ?

Il chercha l'interrupteur à tâtons. La pièce s'illumina d'un coup. Il cligna des yeux, essaya d'évaluer les dégâts. A sa droite, la jeune femme étendue de tout son long, le nez dans la moquette. A sa gauche, un vélo de course flambant neuf dressant fièrement son guidon. La pédale chromée tournait encore dans le vide.

15

— Vous êtes blessée ?

Elle était surtout furieuse. Echevelée, rouge de colère, des éclairs dans les yeux, elle s'assit, les poings sur les hanches.

— Encore vous ! Mais vous allez me rendre folle !

— Lou, écoutez-moi. Je suis vraiment désolé, j'aurais dû vous prévenir...

— Qu'est-ce que ça fait là ?

— C'est un très beau vélo. Je craignais de me le faire voler pendant la nuit. Ici, il est en sûreté, lui expliqua-t-il gentiment.

Son ton paisible exaspéra Lou. Mais pour qui la prenait-il, à la fin ? Une débile ? Une écervelée ? Une femme facile ? Ou les trois à la fois ? Elle allait lui mettre les points sur les *i*, puisqu'il insistait lourdement. Elle inspira, ouvrit la bouche, lui fit front franchement, yeux dans les yeux... et oublia tout ce qu'elle voulait lui dire. Elle chavirait, plongeait, se noyait dans deux lacs chocolatés, veloutés, onctueux... Elle réussit à s'en arracher, non sans peine. Mais ce fut pire. Car elle se rendit compte aussitôt — avec un choc éminemment sensuel — qu'il était presque nu. Un bermuda de coton et rien d'autre. Comment ignorer le torse puissant, athlétique, bronzé, le ventre plat, ferme, les longues cuisses musclées ? Campé bien droit sur ses jambes, il se tenait devant elle, magnifique, superbe de nonchalance. Elle se détourna, les joues en feu. Inutile de le nier, Alex la troublait physiquement.

Gênée, silencieuse, elle voulut se relever, mais quelque chose la retint. Son voile. Il était coincé dans la chaîne du vélo. Elle le tira, il résista. Craac...

— Oh, non !

— Je peux vous aider ?

— C'est la moindre des choses, répondit-elle d'un ton acide. C'est votre faute, après tout !

Il s'agenouilla près d'elle et commença à détacher adroitement le tissu.

16

— Comment se fait-il que vous soyez encore chez moi ? Vous m'aviez promis de déménager aujourd'hui.

— Non. Je vous ai seulement promis de chercher un autre appartement.

— Et alors ?

— Je ne l'ai pas trouvé.

Il continuait à détacher méticuleusement le tulle, millimètre par millimètre, tout en fredonnant le tube de la semaine. Il avait de longues mains, fines et musclées, des doigts souples, agiles... ceux d'un pianiste, d'un chirurgien... ou d'un dentiste.

— Vous auriez pu téléphoner, avant de vous installer ici avec tout votre bazar, lui reprocha-t-elle.

Il l'agaçait. Il était trop viril, trop séduisant. Il se tourna brusquement vers elle, et Lou baissa aussitôt les paupières. Trop tard ! Il avait vu qu'elle l'observait. La note d'amusement dans sa voix, lorsqu'il lui répondit, l'exaspéra au plus haut point.

— Je ne sais plus combien de fois je vous ai appelée. Il n'y avait jamais personne. Et vous ne branchez même pas le répondeur !

Il libéra le dernier morceau de voile, se redressa et l'aida à se relever. Leurs regards s'accrochèrent, intenses, brillants. Lou frissonna et le remercia d'une voix légèrement oppressée. Diable, le courant passait, entre eux !

Profondément troublée, gauche, intimidée, elle se dirigea vers le radiateur en se frayant un passage à travers les cartons. Décidément, plus elle le voyait et moins elle se comportait normalement. Il fallait absolument réagir.

— Docteur Carson...

— Je vous en prie, Lou !

— D'accord : Alex. Je ne vais pas prendre de gants avec vous. Vous devez partir le plus tôt possible.

— Pouvons-nous au moins en discuter ?

Il n'avait fait qu'y réfléchir toute la journée, mais sa conclusion était légèrement différente. Car plus il y pen-

17

sait, et plus l'idée d'occuper la chambre d'ami — du moins pour commencer — dans l'appartement de Lou Bauer le ravissait.

— Pourquoi discuter? Vous ne pouvez pas vivre ici, un point c'est tout! Et rien ne me fera changer d'avis.

— Même si je vous dis que j'ai déjà payé le loyer du mois de mars?

Il était assis sur le canapé, les jambes croisées, un bras sur le dossier. Elle le regarda d'un air stupéfait.

— Vous avez fait quoi?

— J'ai payé le loyer.

Ah! Ah! Il réprima un sourire triomphal. Il avait touché son point faible!

— Tout le loyer du mois de mars, répéta-t-il, ravi de son petit effet.

Il l'avait eue par la surprise. Exactement ce qu'il escomptait.

— J'ai cru comprendre que vous étiez un peu... fauchée. J'ai décidé de prendre ce mois-ci nos deux loyers à charge, pour vous dédommager des désagréments occasionnés par mon déménagement.

Il se cala confortablement et guetta sa réaction. Elle se mordillait pensivement la lèvre, l'œil fixé sur une tache de la moquette. Que faire maintenant? Elle était incapable de le rembourser. Du moins, pas dans l'immédiat. Sa marge de manœuvre était très, très mince. Pour ne pas dire inexistante. Elle était prise au piège. Ce diable de play-boy ne manquait ni d'audace ni de savoir-faire! Il ne lui restait plus qu'une carte à jouer. La dernière, mais son meilleur atout.

Elle marcha lentement vers lui, s'assit à l'autre bout du canapé.

— Il faut que je vous parle franchement, mais ne le prenez pas mal, Alex, commença-t-elle d'un ton suave. Il reste quand même un problème de taille, et vous n'y pouvez rien. Absolument rien, insista-t-elle avec un demi-sourire. C'est que... vous êtes un homme.

— Cela ne m'a jamais gêné jusqu'à présent.

— Moi, si. Je n'ai aucune intention de partager mon intimité avec un homme. Et que je connais à peine, en plus ! Trouvez-vous quelqu'un d'autre.

Il haussa les sourcils.

— Que voulez-vous dire ?

— Que je ne suis pas celle que vous croyez.

« Quel cliché lamentable ! » Elle se reprit.

— Je ne suis pas une femme facile... Enfin, vous me comprenez. Je ne flirte pas, acheva-t-elle, de plus en plus gênée.

Elle aurait dû rester de l'autre côté de la pièce, bien au chaud près du radiateur et protégée par un rempart de cartons pour lui expliquer tout ça. Mais sur le canapé, avec Alex torse nu qu'elle voyait décidément d'un peu trop près, c'était beaucoup plus difficile. Il laissa passer quelques instants, durant lesquels il parut réfléchir, puis il rétorqua calmement :

— Si vous pensez que j'ai l'intention de vous draguer, vous vous trompez.

Sa voix était beaucoup moins ferme qu'il ne l'aurait voulu. C'est vrai, pourtant, il n'avait pas l'intention de la séduire. Mais chaque fois qu'il la voyait, eh bien... l'idée lui traversait l'esprit.

— Dans ce cas, pourquoi tenez-vous tant à rester ici ? Je suis sûre que vous n'aurez aucun mal à trouver une autre location...

Il l'arrêta d'un geste de la main.

— Non, Lou. Cet endroit me convient parfaitement. Je ne veux pas de bail. Je cherche juste un logement temporaire, en attendant que le loft que je viens d'acheter soit terminé.

— Temporaire, cela veut dire combien de temps ?

— Trois ou quatre mois. Peut-être un peu plus.

Il se laissa aller davantage sur le dossier, et l'observa à travers ses paupières. Satisfait, il la vit hésiter. Il en profita pour pousser son pion.

— Je suis persuadé qu'en y mettant un peu de bonne volonté, nous pourrions trouver un compromis.

— Mais je vous ai dit que...

— Faisons un essai, Lou. Si, au bout de quinze jours, la vie vous paraît intenable, je serai bon pour les petites annonces. Evidemment, ce ne sera pas facile, car je travaille toute la journée.

C'était tentant. Pas de loyer en mars, un colocataire temporaire et qui avait l'air plutôt gentil. Peut-être un peu trop, même... mais tant qu'il resterait dans sa chambre et dans son lit, peut-être pourrait-elle s'en accommoder.

— Vous travaillez toute la journée, répéta-t-elle.

— Sauf les week-ends.

— Moi, je travaille surtout l'après midi et le soir, ainsi que le samedi.

Elle le fixa, mue par une inspiration subite.

— Nous ne nous verrons...

— ... pratiquement pas, acheva Alex pour elle. Je me lève tôt le dimanche pour faire du sport. Et vous ?

— Je dors jusqu'à midi.

Ils échangèrent un regard de connivence étonnée. Leur cohabitation s'annonçait moins douloureuse que prévu. C'est à peine s'ils se croiseraient dans l'escalier.

— Alors ? On tente l'expérience ? demanda-t-il, plein d'espoir.

Il n'avait aucune envie de redéménager. Et cet appartement lui convenait très bien. Lou aussi, d'ailleurs.

— Peut-être, répondit-elle prudemment. Mais à condition que vous enleviez tout ce que vous avez mis dans ce salon.

— Que voulez-vous que j'en fasse ?

Elle s'en fichait complètement.

— Ce qu'il vous plaira ! Louez un garde-meuble si ça vous chante, où bourrez votre chambre, mais je ne veux plus voir votre bric-à-brac !

— Mais j'ai déjà rempli un container avec mes meubles !

Lou le fixa, incrédule.

— Vous... vous avez encore d'autres...

— Evidemment! Ce n'est pas avec ce que j'ai ici que je vais meubler mon loft!

Elle haussa les épaules, subitement fatiguée. Le loft d'un yuppie, ce n'était pas son problème. Mais Alex revint à la charge.

— En tant que colocataire, j'ai droit à une moitié de l'appartement, non?

Lou fronça ses fins sourcils, plissa son petit nez. Il avait raison, et c'était bien ennuyeux.

— Il reste quelques tiroirs vides dans cette commode, et vous pouvez vous servir de la penderie. Mais pas de bicyclette dans le salon!

— Il faudra pourtant lui trouver une place, affirma-t-il. Je ne peux pas m'en passer, c'est mon moyen de transport.

— Vous n'avez pas de voiture?

Un dentiste crâneur avait obligatoirement une voiture. Ne serait-ce que pour transporter tous ces gadgets, et ce maudit aquarium!

— Bien sûr que si. Mais je vais à mon cabinet à vélo.

— C'est loin d'ici?

— Une dizaine de kilomètres, pas plus. La distance parfaite pour prendre un peu d'exercice.

— Vous faites vingt kilomètres par jour? Tous les jours? demanda-t-elle d'une voix faible.

Elle avait sûrement compris de travers.

— C'est ça. Et vous? Quel est votre sport préféré?

— Ooooh... j'en ai beaucoup, l'assura-t-elle.

En fait, le seul endroit où elle ne se rendait pas en voiture, c'était l'épicerie du coin. Alex lui sourit, se leva, s'étira. Lou l'espionnait sous ses longs cils. Pas étonnant, avec tous ces kilomètres, qu'il ait le ventre si ferme!

— Il se fait tard. Bonne nuit, Lou. Oh! J'allais oublier... il n'y a plus de savon dans la salle de bains.

— Regardez dans le placard, répliqua-t-elle machinalement. Eh ! Nous n'avons qu'une salle de bains !

— Merci, j'avais remarqué. J'ai dû ranger le linge que vous aviez mis à sécher pour prendre ma douche.

Lou rougit. Le linge en question comprenait notamment quelques petits trucs en dentelle très sexy.

— C'est vous qui avez insisté pour loger ici, rétorqua-t-elle, sur la défensive.

— Je n'ai jamais dit le contraire.

Il disparut dans ladite salle de bains, dont il verrouilla ostensiblement la porte. Furibonde, Lou rassembla ses chaussures, son voile et sa cape, et se dirigea vers sa chambre. Et en plus, il lui faudrait faire la course avec un yuppie pour prendre sa douche la première, maintenant !

2.

Assise dans son fauteuil préféré, Lou contemplait d'un œil égaré la créature à larges raies grises et jaunes qui faisait des bulles en l'observant de l'autre côté de la vitre. Elle n'avait pas plus envie d'avoir un énorme aquarium bourré de poissons rayés dans son salon qu'un dentiste yuppie dans la chambre à côté de la sienne. Et pourtant, elle hébergeait les deux depuis une bonne semaine.

Et s'il n'y avait eu que les poissons et Alex ! Avec un long soupir, Lou baissa les yeux sur les papiers étalés sur ses genoux : deux demandes de crédit refusées, un relevé de compte indiquant un solde de dix-sept dollars vingt-cinq cents, et une brève lettre de sa sœur. Non, le plus terrible, c'était la « dèche ».

« Chère grande sœur, disait la lettre, j'ai réussi mes examens. Dans quelques mois, je serai le Dr Joyce Bauer... si j'arrive à payer ma dernière année d'études. J'ai encore besoin de ton aide, en urgence, mais pour la dernière fois. Un jour, je te revaudrai ça. Mille baisers, Joyce. »

Avec un deuxième soupir, encore plus déchirant que le premier, Lou replia la lettre. Personne ne pouvait l'aider. Les dés étaient jetés depuis longtemps. Lorsque leur père les avaient quittées, Joyce et elle avaient fait leurs plans : Lou, l'aînée, serait institutrice, et avec son salaire elle paierait les études de sa cadette pour qu'elle devienne médecin. Cardiologue pour enfants. Tout avait bien marché jusqu'à cette année. Jusqu'à ce que Lou perde son emploi. Malgré tous les drôles de petits boulots qu'elle décrochait, elle ne gagnait plus assez pour couvrir les frais universitaires de sa sœur.

Le filtre de l'aquarium ronronnait régulièrement, envoyant des grappes de bulles d'air au milieu des algues artistiquement disposées. Lou remarqua deux petits poissons bleu Caraïbes qui jouaient à cache-cache entre les plantes. De nouvelles acquisitions d'Alex. A lui seul, l'immense aquarium paysagé et ses habitants représentaient sûrement une somme rondelette... une bonne partie des études de Joyce.

Dommage ! Le chéquier d'Alex Carson n'était pas le sien. Difficile d'emprunter de l'argent à un yuppie B.C.B.G. qu'elle connaissait à peine. Mais il pourrait au moins lui donner un conseil, non ? Elle entendit la clé tourner dans la serrure. La porte d'entrée claqua, son cœur se mit à battre un peu plus vite. Si seulement il pouvait l'aider, juste un tout petit peu ! Elle leva vers lui des yeux pleins d'espoir.

— Bonsoir, Alex !

Elle lui fit son plus beau sourire et s'abstint de tout commentaire sur le vélo noir et argent qu'il appuya contre le mur, juste sous la fenêtre. Il devait coûter autant que sa vieille Volkswagen d'occasion !

— Vous rentrez plus tôt que d'habitude, constata-t-elle, toujours souriante.

— Nous fermons à 5 heures, le mercredi. Je ne vous l'avais pas dit ? Mais rassurez-vous, je ne fais que passer. Je me change et je file jouer au tennis !

— C'est un excellent sport, approuva-t-elle.

Il la regarda, un point d'interrogation au fond de la prunelle chocolatée. Question : Pourquoi la jeune et belle Lou Bauer, qui avait tourné en ridicule son équipement sportif, refusé énergiquement la présence de son vélo, et tenté avec acharnement de le flanquer dehors, l'accueillait-elle ce soir avec le sourire et une voix mielleuse parce qu'il rentrait plus tôt? Réponse : aucune, mais mieux valait se montrer prudent.

— Vous semblez en pleine forme, Lou.

Elle se rembrunit. Son sourire s'envola.

— Pourtant, rien ne va plus! J'ai des tas d'ennuis et un cafard noir!

Elle lui tendait une perche grosse comme une maison. Impossible de ne pas la saisir. Toute personne normalement constituée devait lui répondre une phrase du genre : « Voyons, racontez-moi ce qui ne va pas », ou bien : « Je suis désolé. Qu'est-ce que je peux faire pour vous? » Elle lui expliquerait ses malheurs et il arriverait comme Zorro le sauveur de la dernière heure, avec un grand lasso et une solution à tous ses problèmes. Ça, c'était le scénario classique qu'un yuppie bien élevé devait suivre à la lettre. Alex commença par donner dans le panneau et le cœur de Lou se gonfla d'espérance.

— Quelle sorte d'ennui? demanda-t-il, d'un air un tantinet trop détaché.

Manifestement, il posait la question par pure politesse.

— Des ennuis d'argent, murmura-t-elle.

Pourquoi ne se montrait-il pas un peu plus coopératif? Les gens discutent sans complexe de religion, de politique ou de sexe, mais ont un mal de chien à desserrer les dents quand il s'agit de gros sous. Le veau d'or restait un sujet tabou, une maladie honteuse!

— D'argent, répéta-t-il avec un petit rire. Bien sûr, comme tout le monde. On n'en a jamais assez!

Et là-dessus, il se dirigea vers sa chambre en sifflotant. Elle serra rageusement les poings. Il aurait pu au moins faire semblant de s'intéresser à son cas. Foutaise! Il l'avait balayée d'un revers de la main. Egoïste! « Nombriliste! » Mufle! Frimeur friqué! Sale crâneur! Ce type était absolument nul! Pas besoin de lui faire un dessin, elle avait compris : elle se débrouillerait toute seule, comme une grande.

— En tout cas, je ne veux plus voir ce satané aquarium à bulles dans mon salon ! Mettez-le dans votre chambre, lui cria-t-elle.

Il se retourna, riant sous cape. Il se demandait justement combien de temps elle tiendrait sans lui parler de son aquarium.

— Impossible, Lou. Il y a trop de lumière dans ma chambre, c'est mauvais pour les algues ! Excusez-moi, je dois me changer, dit Alex avant de refermer la porte de sa chambre. Continuez à contempler les poissons, vous finirez peut-être par les aimer ! ajouta-t-il suavement.

Elle lui jeta un regard venimeux. Jamais elle n'aimerait les poissons d'Alex Carson ! Elle allait se débarrasser d'eux et de leur propriétaire le plus vite possible.

Cinq minutes plus tard, Alex réapparut arborant un superbe training rouge en coton soyeux, une serviette-éponge à ses initiales sur les épaules, une raquette de tennis sous le bras, un sac de sport noir, frappé d'un sigle célèbre, en bandoulière. Les cheveux lissés en arrière, l'air juvénile et enthousiaste, il était infiniment séduisant et complètement craquant. C'était sûrement avec une belle partenaire qu'il avait rendez-vous. Lou s'en moquait éperdument, bien sûr... mais la curiosité la démangeait quand même.

— A tout à l'heure, Lou. Si vous ne travaillez pas ce soir !

Elle ne répondit pas, drapée dans un silence blessé.

Alex ouvrit la porte d'entrée et tomba nez à nez avec une grande rousse en uniforme d'infirmière, qui tenait un bol de café à la main.

— Oh, pardon ! J'imagine que vous venez voir Lou ?

— Trudy Manson, déclara-t-elle, la main tendue. Je suis sa voisine.

Il lui serra la main, s'écarta pour la laisser passer. Elle pénétra dans la pièce de biais, sans le quitter des yeux.

26

— J'espère que je ne vous dérange pas...

— Pas du tout. Justement, je m'en allais.

Il avait à peine refermé la porte que Trudy poussa un cri admiratif.

— Wow! Lou! Quel homme! Où l'as-tu déniché?

— Il s'appelle Alex Carson, répondit platement son amie.

Trudy se laissa tomber sur le canapé.

— Ne me dis pas que depuis deux ans que je passe te voir régulièrement, j'avais loupé le plus beau! Un type pareil, chez toi, en plein milieu de l'après-midi...

— Tu te fais des idées, Trudy! Il... il vit ici, mais ça n'est que temporaire.

Trudy secoua ses boucles, jeta un coup d'œil narquois à son amie et hocha la tête d'un air entendu.

— C'est cela. Il vit ici. Juste un ami, j'imagine?

— Même pas. C'est un dentiste.

Piètre explication, et nettement insuffisante pour Trudy.

— Je veux dire que c'est un dentiste stupide, têtu comme une mule et frimeur comme pas deux! Il paie la moitié de mon loyer.

Trudy la regarda sans comprendre.

— Mais pourquoi un dentiste?

— Je n'en sais rien, moi! Il était sur mon palier quand je suis arrivée. C'est Jenny, mon ancienne colocataire, qui l'a trouvé.

Trudy leva les yeux au plafond.

— Pourquoi est-ce qu'il n'était pas sur mon palier à moi? Hein? Tu peux me le dire?

Lou haussa les épaules. Trudy avala une gorgée de café et rêva tout haut :

— Mmm... un don Juan avec des yeux fascinants, qui t'attend chez toi... c'est le pied! Crois-moi, je ferais n'importe quoi pour des yeux comme ça.

— Eh bien, prends-les! Et lui avec! Il n'y a qu'une seule chose qui m'intéresse, chez Alex...

— Si c'est celle à laquelle je pense...

Lou haussa les épaules.

— ... c'est le paiement de son loyer, acheva-t-elle. Je n'ai plus un sou.

— Parce qu'il a de l'argent, en plus ?

La voix de Trudy monta de deux tons. Elle alluma fébrilement une cigarette et se cala contre le dossier.

— C'est la chance de ta vie, Lou. Il pourrait t'en prêter pour Joyce, et...

Lou baissa la tête, penaude.

— Je lui ai déjà fait une allusion.

— Et alors ? souffla Trudy, l'œil brillant.

— Il m'a envoyée sur les roses. Même pas voulu en parler.

Trudy soupira, secoua sa cendre dans la plante verte sur la table basse.

— Dommage ! J'aurais bien parié sur lui. Il m'a tout l'air d'un gros lot !

Elle se retourna vers son amie et lui sourit.

— A propos, tu sais qu'on peut gagner deux millions de dollars au Loto, cette semaine ?

— Grands dieux ! Le rêve ! Tu te rends compte ? Ça résoudrait tous mes problèmes d'un coup !

Lou ferma les yeux, songeuse. Elle était une accro du Loto. Tous les samedis, sans exception, même s'il ne lui restait que quelques dollars en poche, elle allait acheter son billet et se faisait son cinéma. Pendant deux minutes, elle se voyait gagner. On lui remettait un énorme chèque, les flashes crépitaient, les micros se tendaient, la foule délirait... et tous ses soucis s'envolaient !

Lou ouvrit les yeux et se retrouva face au gros poisson rayé, celui qu'elle n'aimait pas. Alex Carson n'avait jamais été « sur la paille ». La vie était injuste.

— Je ne sais pas très bien comment je vais m'en sortir, cette fois-ci, murmura-t-elle. Je n'ai pas dit à Joyce que j'étais au chômage, et elle vient de m'écrire pour me demander un dernier coup de pouce.

— J'ai deux cents dollars sur mon compte d'épargne. Je te les prête quand tu veux.

— Merci, Trudy.

Lou lui fit un pâle sourire.

— Mais c'est cinq mille dollars qu'il me faut.

Trudy émit un petit sifflement.

— C'est une somme ! Joyce ne peut pas se trouver un financement ?

— Non. Elle a déjà mis toutes ses affaires au clou et vit grâce à une bourse. Cinq mille dollars, c'est ce que coûte son inscription aux cours pour sa dernière année de médecine. J'ai promis de lui payer ses études.

— Alors, il faut que tu empruntes.

Lou lui montra les deux demandes de prêt refusées.

— Je n'ai ni capital ni salaire ! Toutes les banques du coin m'ont claqué la porte au nez.

Trudy souffla une bouffée.

— Va chez un prêteur. Il y en a justement un qui vient d'ouvrir un bureau à deux pas de l'hôpital.

— Ce n'est pas bête.

— Evidemment, le type a l'air un peu louche. Mais il n'exige ni caution ni garantie.

Les yeux de Lou s'illuminèrent.

— Louche ou pas, je m'en moque ! J'irai le voir si je n'ai pas d'autre solution d'ici à la fin de la semaine. Je ferai n'importe quoi pour que Joyce devienne médecin !

Tout, sauf en reparler à Alex Carson.

Lou ne vit plus Alex de la semaine. Il était parti lorsqu'elle se levait, couché lorsqu'elle rentrait. Et elle avait appris à éviter le piège de la bicyclette garée près de la porte du salon.

Malgré son absence, il était partout. Son rasoir et son after-shave trônaient près du lavabo, ses vitamines et son baume contre les courbatures envahissaient l'armoire de toilette, et, comble de l'horreur, il avait rangé au beau milieu de ses produits de beauté, alignés sur sa jolie coiffeuse de rotin blanc, un water-pik, du bicarbonate de soude et du gros sel. Cette dernière lubie eut le don de l'irriter prodigieusement. Lou colla un « sticker » sur le miroir :

« Alex, merci de ne pas laisser traîner de produits alimentaires dans la salle de bains. Rangez-les dans la cuisine ! »

La réponse ne se fit pas attendre. Le soir même, un autre « sticker » attendait Lou :

« Lou, apprenez que le bicarbonate de soude et le gros sel sont nécessaires à l'hygiène buccale. Ils restent donc dans la salle de bains. »

Alex avait également collé une petite bande dessinée sur la prévention des maladies des gencives.

— Les gencives, maintenant ! C'est le bouquet ! grommela Lou en déchirant méthodiquement le prospectus en mille morceaux qu'elle jeta dans les toilettes.

Il commençait à lui taper sur les nerfs, avec ses manies ! Et si encore il s'arrêtait là... mais non, le Dr Carson avait investi la salle de bains, et Alex-le-sportif la cuisine. Ce joli rectangle ensoleillé, autrefois spacieux, s'encombrait désormais de toute une gamme d'ustensiles aux chromes étincelants : mixer, centrifugeuse, fait-tout électrique, percolateur, four à micro-ondes... chers, clinquants, et surtout bruyants, comme elle le découvrit ce matin-là.

Lou faisait un rêve merveilleux, avec un lutin vert qui secouait devant ses yeux émerveillés un arbre magique dont les fruits étaient des lingots d'or, lorsqu'un horrible vrombissement la réveilla en sursaut. Le front moite, le cœur battant, elle tendit l'oreille. Aucun doute, cela venait de la cuisine. Ah, non ! Elle en avait assez ! Ce n'était plus une cohabitation, mais une invasion ! Elle était ivre de fatigue. Trois jobs de suite la veille chez Shehanigans, une paire d'escarpins trop étroits qui l'avaient torturée pendant des heures et un retour vers 2 heures du matin... Alex allait voir de quel bois elle se chauffait.

Elle marcha d'un pas de somnambule vers la cuisine. D'abord, un café, ensuite, les points sur les *i*. Penché sur son mixer, il leva la tête en entendant la porte s'ouvrir.

— Oh, Lou ! Je viens de faire du...

Il avala le reste de sa phrase, sous le choc de l'apparition. Elle ne portait rien... enfin, rien qu'un T-shirt blanc trop grand, qui s'arrêtait à mi-cuisse.

— ... café, acheva-t-il dans un souffle.

Les paupières lourdes de sommeil, Lou bâilla, s'étira — ce qui fit remonter l'ourlet du T-shirt à une hauteur vertigineuse — et traversa nonchalamment la cuisine.

— Merci.

Elle se servit paisiblement, s'adossa au réfrigérateur et huma sa tasse avec délices.

Alex ne la quittait pas des yeux. Le costume de mariée l'avait passablement émoustillé, mais rien de comparable à ce T-shirt. Le coton très doux ne demandait qu'à être touché, caressé... Il épousait les courbes, se plaquait sur les creux, soulignait, révélait, dévoilait, bien plus qu'il ne cachait le corps — ô combien sensuel — de la jeune femme. Le savait-elle seulement ? Se rendait-elle compte de l'effet qu'elle pouvait produire sur un homme, dans cette tenue ?

Non. Manifestement elle ne se doutait de rien et savourait son café à petites gorgées. Alex s'éclaircit la voix.

— Vous...

Couac ! Sa voix se brisa. Il se reprit :

— Vous n'avez pas froid ?

Elle baissa les yeux sur ses pieds nus, agita ses orteils aux ongles nacrés sur le carrelage blanc et rouge.

— Non, pourquoi ? Je ne porte jamais de pantoufles, vous savez.

Et d'abord, qu'est-ce que ça pouvait bien lui faire,

qu'elle ait froid ou non ? Elle se souvint tout à coup des produits dans la salle de bains et du vacarme insupportable qui l'avait réveillée. C'était le moment ou jamais de mettre les choses au point. Elle le regarda bien en face... et oublia tous ses griefs.

Il était incroyablement séduisant, ce matin. Rien à voir avec un dentiste que la gingivite empêche de dormir ! Sous son polo gaiement rayé de bleu et de rouge, sa carrure était un peu trop large, ses avant-bras un peu trop musclés, et ses jambes trop bien moulées dans le jean impeccablement coupé... Un homme qui avait l'air sexy à 9 heures du matin devant un mixer était certainement dangereux.

Alex ne savait d'ailleurs plus très bien ce qu'il était en train de mélanger, avec son ustensile. Et ce n'était pas parce que Lou n'avait pas de pantoufles. Outre ce T-shirt trop fin, trop doux, qui se prêtait à tous les fantasmes, il avait remarqué les grands yeux ensommeillés, les joues roses, les lèvres humides et les mèches blondes, mousseuses, décoiffées... Manifestement, elle sortait tout droit du lit. Elle était divinement belle.

Ses mains se crispèrent involontairement sur le carton de fraises qu'il venait de laver. Il s'obligea à fixer le bol du mixer. Lou termina son café et jeta un coup d'œil avide aux fruits. Elle s'approcha d'Alex en se passant inconsciemment la langue sur les lèvres.

— Mmm... ça sent bon. C'est quoi, cette mixture ?

Elle était tout près de lui. Il percevait la chaleur de son corps sous le coton blanc. Il continuait à équeuter les fruits à l'aide d'un petit couteau, mais ses doigts tremblaient.

— Un milk-shake, murmura-t-il.

— Pouah ! Quel gâchis ! Elles ont l'air si fraîches.

« Comme sa bouche », songea-t-il. Le couteau glissa et il faillit se couper le pouce.

— Hé, vous manquez de réflexes ! s'exclama-t-elle en

riant. C'est à cause de tous ces laitages que vous ingurgitez !

Elle s'écarta, se mit sur la pointe des pieds et tendit le bras pour attraper un grand carton de cornflakes sur une étagère.

De mal en pis ! Bouche bée, le souffle coupé, le couteau en l'air, Alex ne perdait pas une miette du spectacle. Quel suspense ! Sur le corps tendu, le vêtement remontait, remontait le long des cuisses merveilleusement galbées. La gorge nouée, il se demanda tout à coup si elle portait quelque chose sous ce fameux T-shirt. Mais le spectacle tourna court. Lou empoigna le paquet qu'elle visait et tout rentra dans l'ordre. Y compris le rythme cardiaque d'Alex. Avec une totale innocence, elle saisit un bol, le remplit d'un affreux mélange de céréales jaunes, roses et vertes, sur lequel elle versa du lait entier. Elle se pencha pour prendre une cuiller et sa poitrine frôla l'épaule d'Alex.

— Pardon, murmura-t-elle.

Il déglutit péniblement. Il n'avait plus qu'une idée en tête : la prendre dans ses bras, et la presser sauvagement contre lui. Il appuya violemment sur le bouton, et la machine infernale se mit à vrombir rageusement. Il regarda fixement la mixture dont il n'avait plus du tout envie, la versa dans un grand verre en soupirant et se glissa de l'autre côté de la table, en face de Lou. D'une main, elle tournait les céréales dans son bol, de l'autre, elle étalait le journal du matin sur la table.

— Vous vous nourrissez mal, grommela-t-il hargneusement.

— J'imagine que la diététique est une autre de vos croisades ? Comme la protection des gencives ? répliqua-t-elle tout en feuilletant le journal.

— Tout ce sucre, c'est très mauvais pour vos dents, insista-t-il, énervé.

— Mes dents vont très bien, merci.

Elle examinait chaque page avec soin. Visiblement, elle était à la recherche d'une information particulière.

— En fait, elles sont en bien meilleur état que ma salle de bains, qui est envahie par vos produits.

— Notre salle de bains. N'oubliez pas que j'habite ici.

— Temporairement.

— Je refuse de me disputer ce matin.

— Tant mieux ! Vous n'avez pas vu les pages jaunes, par hasard ?

Il jeta un coup d'œil coupable vers la poubelle.

— Euh... Je les ai prises pour nettoyer mon fait-tout. Il n'y a jamais rien d'important dans ces rubriques. Juste les spectacles et les jeux.

— Comment cela, rien d'important ? Et les résultats du Loto, alors ?

— Vous y jouez ?

Sans répondre, Lou se leva et se mit à fouiller la poubelle. Alex avala une gorgée de son breuvage et garda soigneusement les yeux rivés sur son verre.

— Si je n'étais pas fauchée comme les blés, vous ne seriez pas ici et je ne ferais pas les poubelles le matin, lui lança-t-elle, furieuse.

Il serra les lèvres. Pas question de lui demander pourquoi elle n'avait pas le sou. Elle lui avait déjà tendu la perche et il avait fermement refusé de la saisir. Ce n'était pas un manque de compassion, mais une prudence élémentaire. Il savait par expérience que le meilleur moyen de perdre un ami, c'était de discuter finances un jour où vous aviez les poches pleines et pas lui.

— Je ne trouve pas les feuilles jaunes, se plaignit Lou, penchée sur la poubelle et lui tournant le dos.

Non ! Le spectacle allait recommencer ! Tout, mais pas ça !

Alex se leva d'un bond et s'approcha, faussement nonchalant.

— Attendez, je vais vous aider.

Quoi de plus normal? Erreur! Grossière, formidable erreur! Il se pencha à son tour, effleura l'épaule satinée, le bras rond, la hanche ferme, et tout devint anormal. La chaleur de Lou, le parfum de ses cheveux l'envahirent, tout se mit à tourner. Il se releva brusquement, elle fit de même, leurs corps se heurtèrent. Sans trop savoir comment, elle se retrouva prisonnière de deux bras musclés, pressée sauvagement contre un trop large torse.

Ses sens assoupis se réveillèrent d'un coup. Elle ouvrit la bouche pour protester, mais les mots s'étranglèrent dans sa gorge. Une chaleur intense l'envahit, son cerveau se bloqua. Elle leva instinctivement la tête, tandis qu'il abaissait la sienne. Leurs lèvres se frôlèrent, se découvrirent, se pressèrent l'une contre l'autre. Du bout de la langue, il se mit ensuite à dessiner langoureusement les contours de sa bouche. Elle avait de plus en plus chaud, ses jambes flageolaient. Les yeux clos, Alex s'enhardit, exigea davantage. Au moment de céder, un déclic se fit dans la tête de la jeune femme. Son cerveau se remit brusquement à fonctionner, son corps se raidit, elle tenta de s'écarter. Alex se redressa lentement, tremblant sous l'effort. Il ouvrit les paupières, la relâcha, recula d'un pas, le regard accroché au sien, ravi de reconnaître le désir qui couvait dans les prunelles assombries. Elle pourrait toujours protester, ses yeux ne mentaient pas.

— Non mais, qu'est-ce qui vous prend? demanda-t-elle, à la fois irritée et frustrée.

— Il fallait vous y attendre! On n'a pas idée de se promener dans cette tenue!

Il retira les fameuses feuilles jaunes et les tint devant lui.

— Vous m'aviez promis de ne pas chercher à flirter, l'accusa-t-elle, les yeux brillant de colère.

Il n'avait pas le droit de l'embrasser. Encore moins de lui faire un tel effet! Son cœur lui martelait les côtes et ses jambes tremblaient encore.

35

— Vous n'avez qu'à vous habiller décemment.

— Mais ce T-shirt est tout ce qu'il y a de plus décent !
Et si je n'ai pas de pantoufles, c'est...

— Au diable vos pantoufles !

Il sortit de la cuisine. Quelques instants plus tard, elle
entendit la porte d'entrée claquer, et le bruit de la bicyclette d'Alex qui rebondissait dans l'escalier.

Il longeait le Potomac depuis bientôt une heure. La
sueur trempait son front, sa nuque, ses épaules, lui coulait
dans le dos. Mais comment oublier ce désir fulgurant,
cette étreinte passionnée ? Pour la première fois de sa vie,
il avait perdu tout contrôle. C'était la faute de ce satané
T-shirt...

Pourtant, il avait déjà vu de jolies femmes dans des
tenues autrement plus affriolantes ! Pourquoi s'était-il
conduit avec Lou comme un adolescent excité ? Il pédala
un peu plus fort.

Il faisait doux, pour un début de printemps. Sur les
rives du fleuve, les arbres commençaient à reverdir. De
l'autre côté, les bâtiments administratifs de la capitale
défilaient, grands cubes blancs posés au milieu
d'immenses pelouses. Au loin, la Maison-Blanche dessi-
nait sa célèbre coupole sur le ciel bleu pâle. Il pédala pendant encore une heure, avala un sandwich et une salade
sur le comptoir d'un boui-boui grec et finit par arriver à
son cabinet, après un dernier détour.

Ned — son associé — et lui avaient organisé un roulement pour travailler un samedi sur deux. La clientèle du
samedi était d'un genre un peu particulier : elle se
composait des gamins des familles pauvres des environs.
Les consultations étaient gratuites. Aujourd'hui, c'était le
tour de Ned, mais Alex avait accepté de venir aussi quelques minutes, pour un rendez-vous spécial avec une
petite patiente. De tous les enfants du voisinage, Susan
était sa préférée.

Elle arrivait justement, petit bolide monté sur des rollers rouge vif, ses nattes voltigeant derrière elle.

— Docteur Carson ! Regardez comme je vais vite !

Il ouvrit les bras pour la recevoir en plein vol et la fit tournoyer en riant.

— Tu es super ! affirma-t-il avec un clin d'œil admiratif. Mais est-ce que tu sais t'arrêter toute seule ?

— Pas très bien, avoua-t-elle. Mais je vais apprendre ! Je l'ai promis à grand-père.

Le vieil homme venait de les rejoindre, un peu essoufflé.

— Merci de nous recevoir, docteur. Je sais que ce n'est pas votre jour.

— Cela n'a aucune importance, monsieur Halvorsen, je vous assure. Et c'est la première fois que j'ai une patiente en rollers !

— On les a achetés à la solderie hier, expliqua fièrement Susan. Ils n'ont coûté que deux dollars !

M. Halvorsen toussota, visiblement mal à l'aise. Alex se tut, craignant de le vexer. Le vieil homme était pauvre mais fier, et se débrouillait pour vivre, lui et sa petite-fille, avec un malheureux chèque d'assurance-chômage. Or, Susan était atteinte d'une grave insuffisance cardiaque.

— Alors ? Vous avez vu le cardiologue, mardi ? Qu'a-t-il dit ? demanda gentiment Alex en installant la petite fille sur le large fauteuil inclinable.

Le regard du grand-père s'embruma. Alex regretta aussitôt d'avoir posé la question.

— Il va falloir retourner à l'hôpital, murmura Halvorsen. Dès lundi. C'est pour cela que je voulais que Susan vous voie aujourd'hui. Elle va rester un peu plus longtemps, cette fois...

Sa voix se cassa.

— Et j'ai obligé grand-père à m'acheter mes rollers maintenant, ajouta allégrement Susan. Je lui ai dit que je voulais en faire avant d'aller m'embêter dans cet idiot d'hôpital !

— Allons, calme-toi, ce n'est pas si terrible, dit Alex.

Il enfila ses gants en caoutchouc et se força à sourire à l'enfant. Mais il avait deviné, d'après l'expression d'Halvorsen, qu'il était très inquiet. Susan risquait l'opération, cette fois. Si le chirurgien la voyait ainsi voler dans les rues, chaussée de ses rollers, il en aurait sûrement une attaque !

Il plomba rapidement la dent malade. Ravie d'en avoir fini, Susan sauta du fauteuil pour remettre ses bottes de sept lieues. Son grand-père sortit un billet d'un portefeuille très plat.

— C'est pour la consultation, docteur, dit-il en le tendant à Alex.

Le jeune homme sentit sa gorge se nouer.

— Mais elle est gratuite, aujourd'hui.

— Nous ne sommes pas des mendiants.

Les yeux des deux hommes se croisèrent et Alex prit le billet.

— Je n'ai jamais pensé que vous l'étiez, Halvorsen.

Ce dernier se redressa fièrement dans sa vieille veste de tweed et son regard s'éclaircit.

— Embrassez Susan de ma part lorsqu'elle sera à l'hôpital la semaine prochaine, murmura Alex. Bon courage, Halvorsen.

— Nous en aurons besoin, docteur.

Alex allait quitter le cabinet lorsque Ned Meadows, son associé, passa chercher le courrier.

— Comment ? Tu es encore ici, un samedi soir ! Je pensais que tu t'apprêtais à sortir l'une de tes nombreuses conquêtes !

Alex haussa les épaules. Le paternalisme de Ned l'agaçait un peu, mais il l'aimait bien.

— Je n'ai rien prévu pour ce week-end.

— Quel dommage ! Et l'institutrice chez qui tu loges ? Elle est mignonne, au moins ?

Ah ! Si Ned savait... S'il avait vu Lou dans son costume de mariée sexy. Dans son T-shirt affolant. Dans les bras d'Alex.

— Hé, Alex, tu rêves ?

— N-non... je pensais à l'institutrice. Elle n'est pas mal... un peu originale.

— Tu veux dire qu'elle est sexy ?

— Euh... oui. Assez.

Ned fourra son courrier dans sa serviette et éclata de rire.

— Pas étonnant que tu ne fasses pas de plans pour le week-end, mon vieux ! Tu as tout ce qu'il te faut à domicile.

— Si on veut, marmonna Alex.

Sapristi, si la vie avec Lou était aussi facile que Ned l'imaginait, il ne serait pas là à tuer le temps, une crampe au ventre à l'idée de rentrer dans l'appartement ! Et pourtant, malgré son fichu caractère, sa lingerie arc-en-ciel qui encombrait la baignoire, ses céréales multicolores, son drôle de métier, ses horaires impossibles, son aversion pour le sport et son horreur des aquariums, Lou l'attirait irrésistiblement. Pas question de déménager ! Tiraillé entre sa peur et son envie de la revoir, il prit le chemin du retour à une allure de tortue, cette fois. Et sur le palier, il attendit un long moment, épiant le moindre bruit, la moindre lueur derrière la porte. Lorsqu'il pénétra enfin dans l'appartement, il était vide. Une chape de tristesse lui tomba sur les épaules. Décidément, cette cohabitation se révélait pleine d'imprévu...

3.

La rue était sombre et froide. La peinture de la porte s'écaillait, et la pancarte : « M. Lew. Crédits et Prêts sur gages » était sale. Lou tourna bravement la poignée, jeta un coup d'œil à l'intérieur, et se demanda pourquoi elle avait mis son tailleur. Elle contempla un instant la minuscule pièce jonchée de papiers, le téléphone poussiéreux posé sur la table-bureau de bois blanc, la peinture défraîchie et jaunie au-dessus des radiateurs, la moquette trouée par les mégots, et faillit rebrousser chemin.

— J'arrive ! cria une voix de fausset, par la porte du fond entrebâillée.

Lou s'immobilisa, retint son souffle. Jamais Alex — ou même Trudy — ne seraient allés se fourvoyer dans un bouge pareil ! Ils auraient décampé aussitôt. Mais le bouge en question était son dernier espoir. Elle avança d'un pas, écarquillant les yeux devant les vitrines poussiéreuses remplies de montres, de bijoux, d'appareils photo. Autant de traces laissées par des désespérés, autant de symboles de la dernière chance...

Elle détesta immédiatement le petit homme court sur pattes, trapu, grassouillet, au front dégarni, à l'air chafouin et à la voix cauteleuse qui surgit de la porte arrière de la boutique, un cigare entre ses lèvres molles.

— Bonsoir. Louis Lew. Que puis-je faire pour vous ?

Ses yeux luisaient derrière ses lunettes cerclées d'acier,

40

et ses doigts ressemblaient à dix petits boudins blancs. Lou décida d'être aussi brève et précise que possible. Plus vite elle serait sortie de cette boutique et mieux elle se sentirait !

— J'ai besoin d'argent, déclara-t-elle de but en blanc.

— Vous avez un objet à mettre en gage ?

— Non.

— Vous travaillez ?

Elle hésita une fraction de seconde.

— Oui.

— Bien. Suivez-moi.

Elle lui emboîta le pas et ils se retrouvèrent trente secondes plus tard dans l'arrière-boutique drapée de tentures sordides aux teintes délavées. Lou était de plus en plus mal à l'aise. « Tiens bon, ma vieille. Accroche-toi ! Fais-le pour Joyce ! C'est le seul moyen qu'elle a de terminer ses études. » Lew s'installa derrière un vieux bureau, croulant sous les papiers, une tasse de café à moitié bue perchée en équilibre sur le bord droit.

— Asseyez-vous, maugréa-t-il en farfouillant dans un tiroir bourré de documents.

Elle prit place sur une chaise métallique pliante, essayant de crâner malgré l'environnement pouilleux.

— Ah, la voilà. Tenez.

Lou saisit entre deux doigts dégoûtés la feuille que lui tendait Lew. Une demande de prêt, extrêmement simple à remplir : nom, prénom, adresse et salaire. Elle répondit par un gros chiffre à cette dernière question.

— A combien se montent les intérêts ?

— Cela dépend. Quel montant voulez-vous ?

Il tira une bouffée de fumée âcre qui plana dans la minuscule pièce comme un nuage menaçant. Lou déglutit comme si elle avalait une pelote d'épingles.

— Cinq mille dollars.

Elle saisit son sac, prête à déguerpir.

— Vous me rembourserez trois cents dollars par

semaine pendant six mois. Tous les mercredis avant 18 heures. Une amende pour chaque retard, débita-t-il sans sourciller.

Lou retint son souffle. Trois cents dollars ! Elle calcula à toute vitesse le nombre de jobs qu'elle devrait assurer par jour chez Shehanigans pour gagner autant. Plus les factures à payer : loyer, eau, électricité, téléphone. Plus la voiture, plus la nourriture... la tête lui tournait. Jamais elle ne pourrait rembourser tout ça ! Elle pensa au diplôme de sa sœur, à tous les enfants cardiaques qu'elle pourrait aider. Non, vraiment, elle n'avait pas le choix.

— Vous avez un stylo ?

Dix minutes plus tard, elle sortait de ce taudis un chèque de cinq mille dollars à la main, tremblant comme une feuille, les yeux pleins de larmes. En prenant un mouchoir dans sa poche, elle sentit le billet de tombola sous ses doigts et le serra comme un talisman. Un jour, elle gagnerait, elle aussi...

— Alors ? Tu as l'argent ? demanda Trudy, à peine le seuil franchi.

Triomphante, Lou lui agita le chèque sous le nez.

— Je n'ai plus qu'à le mettre sur mon compte et à virer l'argent à Joyce !

— Formidable ! La banque est sur notre chemin. Tu n'as pas oublié que nous allons à la solderie ?

Lou hésita. Elle avait positivement horreur de ce genre de magasin, qui tenait à la fois du souk et de la foire d'empoigne. Trudy insista d'une voix plaintive :

— Tu m'as promis de m'aider à choisir une lampe de chevet !

Devant la porte, Lou fronça le nez et fit la moue. Trudy était déjà entrée au pas de charge, tout à fait dans son élément. Elle adorait fouiller dans les grands paniers bourrés de trucs inutiles pour dénicher *la* chose, l'objet de ses rêves à un prix dérisoire. Lou la suivit avec réticence dans ce mini-marché aux puces, essayant de ne pas trop respirer l'odeur âcre, mélange de sueur et de poussière, qui lui rappelait tant de mauvais souvenirs : les vestiaires de l'Armée du Salut, la soupe populaire, la pauvreté. Un jour, sa mère lui avait acheté, dans un bazar exactement comme celui-ci, une veste en grosse laine gris foncé. Elle en avait pleuré toute la nuit, sachant qu'elle n'aurait rien d'autre à se mettre cet hiver-là. Lou l'avait encore, roulée dans un drap, en haut de son armoire. Elle s'était promis de la brûler dans un feu de joie le jour où Joyce ferait le serment d'Hippocrate et qu'elle-même serait réintégrée dans les effectifs de l'Education nationale.

— Regarde !

Radieuse, Trudy brandissait une petite lampe en laiton, dont l'abat-jour penchait légèrement de côté.

— Je l'ai eue pour un dollar ! Pense un peu combien elle m'aurait coûté neuve !

— Tu es née pour chiner, dit Lou à voix forte pour couvrir les cris du bébé qui piaillait à côté, les éclats de voix du couple qui se disputait à propos d'un canapé à fleurs, et ceux des jeunes loubards qui testaient une chaîne stéréo dans le rayon de la hi-fi.

— Absolument ! répondit Trudy avec enthousiasme. J'adore ! Et puisqu'on est là, autant en profiter.

Joignant le geste à la parole, elle glissa la lampe sous son bras et se dirigea fermement vers le vestiaire.

— On tombe parfois sur une perle rare, déclara-t-elle en repoussant les cintres les uns après les autres.

— Mais tu as ta lampe, maintenant. On pourrait s'en aller...

— Tiens ! Exactement ce que je te disais ! La voilà !

Trudy posa sa lampe et saisit une robe qu'elle drapa devant elle.

— Je parie que c'est de la soie, murmura-t-elle en caressant le tissu.

Malgré son aversion pour les vêtements d'occasion, Lou ne put retenir un petit cri d'admiration. La robe était sublime. Rouge vif, un bustier aux découpes ajustées, des bretelles fines en satin, et une jupe-corolle qui devait virevolter gracieusement à chaque pas. Elle jeta un coup d'œil à l'étiquette cousue au dos du bustier : une griffe célèbre.

— Oh ! Quel dommage ! C'est un trente-six, annonça Trudy, déçue. C'est pour cela qu'elle est encore ici, évidemment. Personne ne met du trente-six... sauf toi.

— Sauf moi, répéta Lou, d'un ton absent.

— Mais tu détestes les vêtements d'occasion.

Trudy regarda fixement son amie.

— Je parie qu'elle a été créée pour une riche héritière, qui l'a achetée pour un prix astronomique et ne l'a mise qu'une fois parce qu'elle ne pouvait plus rentrer dedans à force de s'empiffrer de caviar ! Allez, Lou. Prends-la !

La jeune femme haussa les épaules.

— Pourquoi ? Tu sais bien que je n'aurai jamais l'occasion de la porter !

Trudy se posta derrière son amie, plaça la robe devant elle et l'obligea à se regarder dans la glace.

— Regarde-moi ça, lui souffla-t-elle à l'oreille. Elle te va à la perfection !

Lou se mordit la lèvre. C'était vrai. Elle était éblouissante.

— Tu la mettras pour sortir avec ton play-boy, Lou. Car il va t'inviter, c'est mon petit doigt qui me le dit.

— Tu plaisantes ? Alex n'est pas du tout mon genre !

Pourtant, l'idée du regard d'Alex sur ses épaules dénudées la fit frissonner. Et s'il l'invitait ? S'il l'emmenait dans un restaurant chic, un night-club à la mode ? Elle entendait déjà l'orchestre, se voyait dans ses bras, dansant un slow langoureux... Elle secoua la tête, l'orchestre se tut. Elle remit la robe en place.

— Cette semaine, c'est cette robe ou le Loto. Je préfère m'acheter mon billet.

Trudy redécrocha la robe.

— Je l'achète, déclara-t-elle.

— Mais tu fais du quarante-deux !

— Je sais. Mais j'ai une amie qui sera bien contente que je la lui prête un jour. Et elle, elle fait du trente-six. Je la déposerai au pressing dès demain... au cas où.

Lou fit des yeux ronds et la suivit à la caisse sans cesser de pinailler.

— C'est malin ! Tu viens de gâcher deux dollars et vingt-cinq cents !

On était samedi. Le jour de Clara le clown. Lou enfila son costume de Gugusse, rose et vert, fourra dans un sac les énormes godasses bleu vif, la perruque orange, le faux nez rouge. Puis elle se grima : masque blanc, crayeux, grands cils dessinés, pommettes carmin. Alex ne l'avait encore jamais vue en clown, pensa-t-elle en débordant largement la ligne de ses lèvres avec le tube de rouge. Alors, inutile de risquer un sourire railleur... Elle entendit la douche qui coulait dans la salle de bains, et se faufila discrètement dans le couloir. Une fois dehors, elle respira mieux. Le ciel était gris, menaçant. Elle se hâta vers sa voiture en fredonnant doucement. Le matin même, elle avait reçu une lettre de Joyce l'informant qu'elle venait de payer sa dernière année de médecine grâce au chèque de cinq mille dollars. Lou avait encore deux dollars pour son billet de Loto, et pour une fois, elle serait à l'heure à l'hôpital. Tout se présentait sous un meilleur jour...

Elle jeta son sac sur la banquette arrière, se glissa derrière le volant, amusée de voir que le rose de son costume était assorti à la nouvelle couleur de sa carrosserie. Elle tourna la clé de contact, appuya sur la pédale... rien.

Elle recommença la manœuvre. A trois reprises.

Aucune réponse, pas le moindre petit hoquet encourageant.

La dernière fois que la voiture avait fait un caprice, elle avait soulevé le capot, un adolescent qui passait par là avait secoué le moteur, trifouillé dans les fils, et tout était rentré dans l'ordre comme par magie. Lou leva le nez, regarda autour d'elle. A gauche, une vieille dame en chapeau promenait un caniche. A droite, une jeune maman poussait un landau. Aucun espoir à l'horizon. Dépitée, elle sortit de la coccinelle rose vif. Appeler S.O.S Dépannage ? C'était là vivre bien au-dessus de ses moyens. Elle avait vingt minutes pour résoudre le problème et débarquer à l'hôpital. Les gamins l'attendaient.

Alex ! Alex devait s'y connaître, bon sang. Il avait une voiture, lui aussi ! En chaque homme, il y a un mécanicien qui sommeille, c'est bien connu. Elle allait mettre sa fierté dans sa poche et quémander son aide. Elle ne l'avait pas vu sortir. Il devait encore contempler ses satanés poissons...

Une merveilleuse odeur de café fraîchement moulu lui chatouilla les narines lorsqu'elle ouvrit la porte. Elle se laissa guider par son flair et déboucha dans la cuisine.

— Alex, j'ai un problème ! Ma voi...

La bouche grande ouverte, incapable d'exprimer un son, les yeux exorbités, elle fixait l'homme assis à la table de la cuisine, en train de siroter une tasse de café. Il était nu. Ou presque. Juste une serviette de rien du tout autour des reins. Inconsciemment, elle loucha sur les longues jambes musclées, le ventre ferme, les pectoraux saillants, la carrure athlétique, remonta vers le menton carré, creusé d'une fossette attendrissante, le nez droit, les sourcils épais, noirs, et la chevelure en bataille, encore humide.

Elle finit par retrouver l'usage de la parole.

— Vous... vous sortez de la douche ? bégaya-t-elle, l'air un peu hébété.

— Exact, répondit Alex, amusé par la question idiote qui prouvait l'effet qu'il lui faisait. Et vous, du cirque?

— Non, je vais à l'hôpital.

Ça, c'était beaucoup moins évident. Elle se reprit :

— Enfin, j'y allais, lorsque...

Sapristi, sa serviette glissait, elle l'aurait juré! La gorge sèche, elle riva ses prunelles sur le sommet du crâne d'Alex.

— ... lorsque j'ai eu un problème.

— Vraiment?

Il se versa tranquillement une seconde tasse de café.

— C'est ma voiture. Impossible de la faire démarrer.

— Il y a de l'essence dans le réservoir?

Elle serra les poings.

— Bien sûr que oui! C'est la première chose que j'ai vérifiée!

Elle s'offrit le luxe de mentir, certaine que l'essence n'y était pour rien.

— Pourriez-vous jeter un coup d'œil au moteur? Vous saurez peut-être ce qui ne va pas...

Alex lui fit un sourire confus et désarmant.

— Je ne suis pas habillé pour cela.

— Moi non plus, lui fit-elle remarquer calmement.

— Vous marquez un point, acquiesça-t-il.

De toute façon, il avait du mal à l'imaginer en train de réparer une voiture, les mains dans le cambouis, quel que soit son costume. Alors qu'il n'était guère à court d'imagination lorsqu'il s'agissait de se la représenter dans d'autres situations... Malgré le costume bariolé trop ample, il devinait le corps svelte, la rondeur des hanches, la fermeté des seins.

— Alors? Vous voulez bien m'aider?

Alex se leva. Sa serviette tomba et Lou faillit crier. Faillit seulement, mais elle l'aurait fait, c'est sûr... s'il n'avait pas porté une sorte de slip-caleçon-bermuda turquoise, du plus bel effet sur ses cuisses bronzées. Elle reprit son souffle.

— Je peux vous donner le nom de mon garage, proposa-t-il.

Il était nul en mécanique. Il achetait des voitures de première main, de bonne marque, et les confiait à un mécanicien dès que quelque chose ne tournait pas rond. A chacun son métier.

Lou secoua la tête.

— Non, non. Je n'ai ni l'argent ni le temps. Je suis pressée, les enfants m'attendent.

Alex grogna, versa le reste de son café dans l'évier. Il avait des dizaines de choses à faire cet après-midi. Dont une partie de tennis avec un excellent joueur. Accompagner Lou à l'hôpital ne figurait pas sur la liste. Pourquoi, mais pourquoi avait-elle d'aussi jolis yeux ? Avec de longs cils noirs, recourbés, qui papillonnaient délicatement sur ses pommettes rouges de clown ?

— Je vais vous conduire, décida-t-il.

Lou soupira, ulcérée. Il n'avait pas la moindre intention de se pencher sur son capot ni de se salir les mains. Normal, pour un yuppie.

— D'accord. Allons-y.

Sapristi, que les hommes pouvaient être assommants ! Elle suivit Alex des yeux comme il sortait de la cuisine de son pas souple, félin, et révisa son jugement. Celui-là était quand même moins assommant que les autres.

Cinq minutes plus tard, Alex émergea de sa chambre vêtu d'un superbe training bleu roi, les clés de sa voiture à la main. Il lui ouvrit la porte et respira une bouffée du parfum frais, avec une note de muguet, qu'elle laissait partout dans son sillage, comme une signature. Il lui emboîta le pas, les yeux rivés sur ses hanches. Sa démarche sensuelle le fascinait. Quelle drôle d'idée, pour une ravissante jeune femme, de passer le samedi à faire le clown dans un hôpital !

Lou s'arrêta pile devant un véhicule dont la couleur lui

donna un haut-le-cœur. C'était l'engin le plus hideux qu'il ait jamais vu monté sur quatre roues. Horrifié, il vit Lou en ouvrir la porte.

— Attendez une seconde que j'attrape mes pompes de Gugusse !

— C'est ça, votre voiture ?

— Mais oui, pourquoi ? Elle marche très bien. Enfin, presque.

— Vous pourriez au moins la faire repeindre !

— C'est fait, cher monsieur. Depuis la semaine dernière. J'avais le choix entre moutarde et rose bonbon, les deux couleurs en stock. Sinon, c'était plus cher.

— Ah !

— Notez que j'aime bien le rose, c'est très gai.

Alex s'abstint de tout commentaire. Pas la plus petite onomatopée. Les goûts et les couleurs, ça ne se discute pas. Il la guida en silence vers sa voiture à lui, un coupé Volvo noir, avec des sièges de cuir naturel et un tableau de bord en acajou. Le tout rutilant.

— C'est... c'est à vous ?

Pas étonnant qu'il ait froncé le nez devant sa coccinelle rose !

Il hocha la tête et lui ouvrit la porte. Il aimait bien sa voiture. Manifestement, sa passagère ne partageait pas ses goûts. Il démarra, et aussitôt le moteur ronronna comme un fauve bien dressé.

— Vous savez que ce coupé coûte aussi cher qu'une année de médecine ? De quoi rendre ma sœur folle à lier, commenta Lou à voix basse, comme si elle se parlait à elle-même.

— Votre sœur fait des études de médecine ?

— Elle se spécialise en cardiologie pédiatrique. Prenez la première à gauche au prochain feu rouge. Je ne comprends pas qu'avec une voiture pareille et un loft en travaux vous teniez à partager mon appartement. Vous pourriez vous offrir une suite au Hilton !

— Jamais de la vie ! Je suis fauché, moi aussi. Temporairement, bien sûr. Mais je suis en train de racheter la clientèle de mon associé et j'ai un crédit immobilier à rembourser.

Lou faillit s'étrangler.

— Vous avez un cabinet dentaire, un super loft, le dernier coupé Volvo, un micro-ondes, une chaîne hi-fi et un gigantesque aquarium, et vous êtes fauché ! Vous avez du culot, quand même ! Vous n'êtes rien d'autre qu'un riche yuppie, un golden boy depuis le berceau !

— Dites donc, Lou, pour qui vous prenez-vous ? Une hippie, une clocharde ? Avec un diplôme universitaire et un appartement dans un quartier résidentiel de Washington ? A quoi jouez-vous, exactement ?

— Je suis au chômage et je gagne ma vie en livrant des ballons et en me déguisant pour animer des réceptions. Tout ce que je possède, c'est une coccinelle de huit ans, quatorze dollars sur mon livret de caisse d'épargne, et...

Lou fouilla dans sa poche, en retira un billet tout chiffonné.

— ... de la monnaie. Arrêtez-vous là, yuppie. J'en ai pour deux minutes.

Elle sauta de la voiture, laissant Alex bouche bée. Comment pouvait-elle vivre avec si peu ? Que faisait-elle de son argent ? Surtout qu'il avait payé tout le loyer, ce mois-ci...

Lou réapparut dans la rue, environnée d'un nuage de ballons multicolores. Elle passa son petit visage grimé par la fenêtre d'Alex :

— Vous avez une clé anglaise ? Ou une grosse pince ?

— Une clé, oui, je crois.

Fatigué de discuter et dépassé par les événements, il alla ouvrir le coffre, lui tendit l'outil, incapable de s'expliquer ce qu'il faisait, un beau samedi, en plein boulevard d'Arlington, en train de passer une clé anglaise à une femme habillée en clown qui tenait une grappe de ballons à la main et qui allait s'engouffrer dans *sa* voiture.

Lou attacha les fils des ballons à l'outil, qu'elle glissa sous son fauteuil, laissant les bulles de toutes les couleurs flotter allégrement par la fenêtre grande ouverte. Puis elle se glissa sur son siège. Immobile près du coffre, Alex semblait hébété.

— Alors, yuppie, on y va?

Il serra les dents, referma le coffre, se mit au volant, les sourcils froncés. Elle dépassait les bornes! Et il avait l'air fin, vraiment, avec tous ces ballons voguant au-dessus de son coupé sport et un clown hostile à ses côtés!

— L'hôpital est à deux minutes d'ici, mais j'ai encore une petite course à faire, dit Lou d'un ton soudain radouci.

Elle tourna la tête et lui sourit.

— Quoi encore? grommela Alex, qui fondait déjà sous ce sourire et le regard malicieux qui l'accompagnait.

— Le petit drugstore, au coin de la rue.

— Ah, bon? On n'a plus de lait?

— Non. Je fais mon Loto.

— Vous êtes fauchée et vous gaspillez ce qui vous reste?

Elle était déjà dehors. Elle se pencha, lui fit un clin d'œil.

— La chance peut tourner, yuppie!

Il secoua la tête d'un air désespéré. Mais Lou revenait déjà au galop, un billet à la main, totalement insouciante des regards des badauds.

Ils arrivèrent enfin devant le groupe d'immeubles en brique rouge qui formait l'hôpital d'Arlington. Lou enfila rapidement ses chaussures-palmes bleu turquoise, cacha ses mèches blondes sous une perruque orange, et s'apprêta à sortir.

— Merci de m'avoir emmenée, murmura-t-elle en ouvrant la portière.

Alex se souvint tout à coup d'Halvorsen.

— Une seconde, Lou. Vous vous occupez d'enfants malades, cet après-midi ?

— Oui.

— Pourriez-vous me rendre un service ? Allez voir la petite Susan Halvorsen et donnez-lui un ballon rouge. Dites-lui que c'est de la part du Dr Carson.

Lou lui jeta un regard curieux.

— La fille d'un de vos amis ?

— Non, ma patiente préférée. Elle a un gros problème cardiaque.

Il se détourna pour dénouer les ballons et ne vit pas le visage de Lou changer brusquement d'expression. Il ne décela pas non plus l'hésitation dans sa voix, lorsqu'elle lui répondit :

— D'accord. J'irai la voir.

— Merci. Comment allez-vous rentrer, ce soir ?

— Oh ! je trouverai bien un moyen.

Alex la regarda s'éloigner. Lou, d'habitude si vive et si gracieuse, trébuchait à chaque pas, empêtrée dans son costume et ses énormes pompes de Gugusse. Quelle fille incroyable, si pleine de contradictions ! pensa-t-il, attendri. Ses magnifiques yeux bleu-gris, tour à tour ingénus, tristes, rieurs ou brillant de colère, lui manquaient déjà.

Il se secoua, mit le contact, démarra rageusement. En fait, c'était un autre regard qu'il préférait. Lorsque ses prunelles, chargées de désir, viraient au bleu saphir...

De frustration, il donna un grand coup d'accélérateur. Il avait une partie de tennis à jouer. Avec un autre yuppie, encore plus riche que lui, et beaucoup plus snob. Il jeta un coup d'œil aux nuages plombés et se demanda comment Lou rentrerait sous la pluie...

4.

Lou poussa la grande porte vitrée du pavillon des enfants malades. Occupée à rassembler ses ballons pour qu'ils ne s'accrochent pas un peu partout, elle faillit bousculer une infirmière.

— Oh! Pardon! Je m'emmêle les baskets!

— Nous sommes bien contents de vous voir, Clara, baskets ou pas! Les enfants vous attendent avec impatience!

— Y en a-t-il qui ne pourront pas venir voir mon spectacle dans la grande salle? J'irai leur rendre visite après.

L'infirmière réfléchit quelques secondes.

— Joey. Il est toujours sous perfusion, chambre 23. Et une petite fille qui n'a pas le droit de se déplacer, à cause d'un cœur trop faible. Chambre 28. Elle est toute mignonne, vous verrez. Elle s'appelle Susan.

Lou se figea sous son masque. « Toute mignonne... Un cœur trop faible... » Elle avait déjà entendu ces mots-là. Les douze années écoulées s'effacèrent brusquement et elle revit sa petite sœur Nancy, si frêle, presque transparente sur son lit blanc. Elle avait tellement espéré qu'elle guérirait, un jour! Non, ces souvenirs-là ne s'effaçaient pas... Vite, tourner les talons, s'enfuir loin de tous ces enfants malades. Non! Ici, elle n'était pas Lou Bauer mais Clara le clown. Elle toussota, réajusta son nez de Celluloïd rouge brique, regarda l'infirmière droit dans les yeux et lui fit un sourire éclatant.

— Ne vous inquiétez pas, j'irai les voir tous les deux.

— Parfait ! A tout à l'heure.

Lou se traîna à travers le grand hall jusqu'au couloir qui menait à la salle de jeux. Elle aurait voulu se voiler les yeux, se boucher le nez et les oreilles, pour ne pas voir les murs laqués, d'un vert trop pâle, le linoléum blanc qui collait aux semelles, les tables roulantes chromées qui glissaient avec un bruit de succion ; pour ne pas sentir l'odeur si caractéristique mêlant la soupe de légumes et le désinfectant ; et surtout pour ne pas entendre les plaintes des jeunes voix, étouffées par les murs, qui se faisaient plus aiguës dès qu'une porte s'ouvrait... La main sur la poignée de la salle, elle inspira profondément. Elle détestait les hôpitaux et les avait évités avec soin depuis des années. Jusqu'à ce que Shehanigans lui offre ce job. Les dernières séances s'étaient bien passées. Pourquoi avait-il fallu qu'Alex lui parle de Susan ?

Elle ouvrit résolument la porte. Si Lou avait encore le cœur brisé, Clara prendrait la relève. Elle allait les distraire, comme d'habitude. Elle pourrait même faire rire la petite fille au cœur malade, tout à l'heure...

Elle bondit dans la pièce, esquissa une pirouette, pinça son faux nez qui fit « Pouët, pouët », et tous les enfants applaudirent, les yeux brillant de bonheur. Que la fête commence !

Une heure trente plus tard, épuisée mais satisfaite, elle sortit sous les « Bravos ! » enthousiastes de ses jeunes spectateurs. Pendant quatre-vingt-dix minutes, ils avaient retrouvé l'insouciance et la gaieté de l'enfance, oublié les médecins, les piqûres, les opérations... Ses immenses chaussures de clown résonnant dans le couloir, Lou se dirigea vers la chambre de Joey, poussa doucement la porte. Il dormait à poings fermés. Elle attacha un beau ballon jaune soleil au chevet de son petit lit, pour qu'il sache que Clara était passée.

Son dernier ballon à la main — rouge vif celui-là,

comme elle l'avait promis à Alex — une crampe à l'estomac et le cœur battant trop fort, elle passa la tête dans l'entrebâillement de la porte numéro 28.

— Oh! Un clown! s'exclama une petite voix tout excitée. Avec un ballon rouge!

— Bonjour, Susie! C'est moi, Clara.

Lou s'approcha pour nouer la ficelle au tube blanc du lit.

— C'est un petit cadeau de ton ami, le Dr Carson. C'est lui qui a choisi la couleur.

— J'aime bien le Dr Carson. Mais je ne savais pas qu'il connaissait des clowns. Et vous, vous l'aimez aussi?

Lou rougit sous ses pommettes écarlates. Comment mentir à une paire d'yeux noisette, si candides, si innocents?

— Oui. Je l'aime... beaucoup, murmura-t-elle.

Ahurie, elle prit soudain conscience que c'était vrai. Ainsi, la vérité sortait non seulement de la bouche des enfants, mais aussi des lèvres peinturlurées des clowns! Ce que venait d'avouer Clara était très troublant pour Lou.

— Comment vas-tu, petite Susie?

Elle lui ébouriffa gentiment les cheveux.

— Tu as une tête à t'appeler Zazie, avec tes yeux vifs, ton nez retroussé et tes taches de rousseur!

Son rire sonnait un peu faux, mais au moins il l'empêchait de pleurer. Sa petite sœur aussi avait ce regard espiègle et deux nattes bien droites, autrefois...

— Je veux bien m'appeler Zazie, ça me changera.

L'enfant tira nerveusement sur le fil du ballon.

— Il paraît que je ne vais pas bien. Le docteur a dit qu'on allait m'opérer bientôt. Mais ce qui m'embête le plus, c'est de ne pas pouvoir faire du patin à roulettes. Grand-père les a glissés sous mon lit en cachette, mais l'infirmière ne veut pas que je bouge.

Lou aperçut les rollers rouges sous le lit. En levant les yeux, elle vit la grosse machine reliée au cœur de l'enfant, qui enregistrait le moindre de ses battements. Susie — ou Zazie — était bel et bien clouée au lit.

— Ça te plaît tant que ça, le patin ?

— J'adore ! Je commençais à aller vraiment très vite quand grand-père m'a ramenée ici.

Lou ravala ses larmes. Les clowns ne pleurent pas. Peut-être que Susie-Zazie ne zigzaguerait plus entre les arbres et les vieilles dames sur les trottoirs. Peut-être qu'elle ne grimperait plus aux arbres, qu'elle ne ferait plus de vélo... Pour son dernier Noël, Nancy avait eu un vélo. Tout le personnel de l'hôpital s'était cotisé pour le lui offrir. Elle n'avait pas eu le temps de s'en servir... Au printemps, on l'avait donné à un petit garçon plus chanceux.

Lou repoussa du pied les rollers pour bien les cacher sous le lit.

— Il ne faut pas qu'on te les confisque, lui dit-elle avec un clin d'œil. Si on jouait aux cartes ?

— Les clowns savent jouer aux cartes ? s'enquit l'enfant, l'air sceptique.

— Comme des champions ! répliqua Lou fermement. Nous jouons aussi aux dames, aux échecs, au morpion, et à plein d'autres choses.

Les grands yeux se mirent à pétiller de joie.

— Au morpion, alors !

« Dur, dur », se dit Lou en s'installant près du lit. Tant de mauvais souvenirs remontaient à la surface ! Elle inspira profondément.

— Tu as du papier ? Des crayons ? Oui ? Alors, allons-y et que le meilleur gagne !

Et elle lui fit un grand sourire. De la part de Clara le clown.

⁂

Alex arpentait impatiemment le hall. Il jeta son cent deuxième coup d'œil à l'horloge. Trop tard pour aller voir Susan. De toute façon, il savait que l'heure des visites était passée. Normal, puisqu'il n'était pas venu pour Susan, mais pour Lou !

Il se remémora la douzaine de raisons pour lesquelles il avait décidé de venir la chercher. La pluie et pas d'argent pour s'offrir un taxi. La distance : l'appartement était à trois bons kilomètres de l'hôpital. La fatigue de la journée. Des excuses, des prétextes, il pouvait en trouver à la pelle. Il se laissa tomber sur une chaise en plastique gris et regarda distraitement les fenêtres ruisselant de pluie. Etait-il devenu fou ? Qu'est-ce qu'il faisait là ? Pourquoi avait-il lâché son partenaire au beau milieu de leur partie de tennis ? Alors qu'il gagnait, en plus ! Lou était une grande fille, responsable et indépendante. Sapristi, il lui avait même apporté un parapluie !

Ding ! Il entendit la porte de l'ascenseur qui s'ouvrait et fixa le couloir, dans l'expectative. Quelques rires, des plaisanteries et des murmures, et un petit clown apparut en faisant flop-flop sur le linoléum avec ses grandes chaussures turquoise. Lou fit une drôle de grimace à un petit garçon qui avait une jambe dans le plâtre, et s'agenouilla devant lui pour qu'il puisse lui pincer le nez. Pouët, pouët ! L'enfant éclata de rire et repartit avec son infirmière en gesticulant des grands « au revoir ! »

Alex se leva et marcha vers elle. Il se demandait quelle excuse il allait choisir parmi toutes celles qu'il ressassait depuis un bon quart d'heure.

— Bonsoir, Lou.

— Bonsoir.

Masque impassible et voix sans timbre.

— Je vous ramène à la maison ?

Pas de réponse. Même pas un signe de protestation. Pourtant, elle ne l'avait pas ménagé, ce matin ! Il la dévisagea avec intensité. Ses yeux, toujours si lumineux, si expressifs, étaient plombés et distants comme les nuages de cette fin d'après-midi. Ses cernes étaient visibles sous le maquillage et elle semblait sur le point de s'effondrer. Avec sa perruque filasse et son costume criard, elle avait l'air d'une poupée de chiffon. Le cœur serré, il lui prit le bras, la guida à travers le hall, poussa les portes vitrées, la fit sortir à l'air frais.

— Ne bougez pas, je vais chercher la voiture.

Elle hocha simplement la tête.

Quelques instants plus tard, ils quittaient le parking de l'hôpital. Lou se remit à respirer normalement. En arrivant sur le boulevard, elle ôta sa perruque et son faux nez, secoua ses boucles blondes qui retombèrent souplement sur ses épaules. Le cœur d'Alex se desserra un peu.

Pourquoi ce mutisme ? Elle qui était toujours prête à discuter, arguer, protester ; elle qui ricanait, le narguait et le critiquait pour un oui ou pour un non, se taisait bizarrement. On n'entendait que les essuie-glaces dans la voiture. A la limite, il aurait préféré une bonne colère.

— Il y avait beaucoup d'enfants, aujourd'hui ? demanda-t-il prudemment, du ton le plus neutre possible.

— Plein.

C'était peu, mais c'était un début. Au moins, elle répondait quand on lui posait une question.

— Des nouveaux ?

— Oui.

Elle continuait à fixer le pare-brise.

— J'ai vu votre petite Susan, murmura-t-elle très bas. Je lui ai donné un ballon rouge.

— Oh ! merci...

— Elle a les mêmes yeux que ma sœur.

— Celle qui fait médecine ?

— Non. Celle qui est morte.

Alex ouvrit la bouche, mais la referma aussitôt, sans proférer un seul son. Son intuition lui soufflait d'attendre. Dans le plus grand silence.

— J'avais quinze ans, poursuivit Lou d'une voix blanche.

« Cela fait donc douze ans, se dit-il. Douze longues années et les souvenirs ne l'ont pas lâchée. Ils la hantent, la submergent parfois, comme maintenant. » Il ralentit l'allure, tourna doucement dans leur rue, se gara près de l'immeuble. Puis il coupa le contact, attendit encore.

La pluie martelait les vitres, noyait le pare-brise. Ils étaient dans une bulle d'eau et de silence. Au bout de quelques minutes, il se risqua :

— De quoi est-elle morte ?

Elle battit des paupières, tourna lentement la tête.

— D'une insuffisance cardiaque congénitale, dit-elle doucement, comme si elle se parlait à elle-même. Elle était malade depuis longtemps, mais on espérait quand même...

Le puzzle se mettait en place. Enfin, il comprenait ! Il posa une main sur son épaule.

— La journée a dû être rude.

— Oh ! Alex ! Pourquoi est-ce qu'un enfant meurt ?

Il la serra contre lui. Elle s'effondra sur sa poitrine et se mit à sangloter. Ses nerfs lâchaient, les larmes craquelaient le plâtre du maquillage, creusaient des sillons dans le carmin des joues, le charbon des paupières.

— Pardon... je ne pleure jamais, vous savez, murmura-t-elle entre deux hoquets. Je suis la plus grande, la plus responsable. Je ne dois pas me laisser aller.

— Chut... ne vous inquiétez pas, Lou. Ça va passer.

Il lui tapota doucement le dos. Elle finit par se calmer. Lorsqu'elle releva enfin son visage, il lui tendit son mouchoir.

— Lou, murmura-t-il, c'est vous qui payez les études de votre sœur, n'est-ce pas ?

— Oui.

Elle s'essuya les yeux.

— Un jour, elle aidera d'autres enfants à s'en sortir. Parce que Nancy n'a pas eu cette chance...

De nouveau, sa voix se brisa. Elle détourna le regard.

— Je comprends, Lou.

Oui, il savait maintenant pourquoi — ou plutôt pour qui — elle travaillait des nuits entières, se privait, vivait fauchée en permanence. Il n'avait jamais travaillé pour payer ses études, encore moins pour payer celles d'un autre... Il était trop ému pour parler.

— Merci de m'avoir écoutée, yuppie.

Elle lui fit un pâle sourire.

Pour une fois, le mot « yuppie » ne l'avait pas agressé. Elle l'avait prononcé gentiment, presque comme un compliment.

Il sortit de la voiture pour lui ouvrir la portière. Lou l'observa à travers la vitre. Comme il avait l'air confiant, sûr de lui ! Son bras était solide, sa main chaude et amicale, lorsqu'il l'aida à se lever.

— Attention aux flaques ! la prévint-il en ouvrant le parapluie.

Elle retira ses chaussures de Gugusse, enfila des ballerines. Puis elle fourra le reste de sa panoplie dans son grand sac-besace, et glissa la main sous son bras.

— Je suis bien contente que vous soyez venu me chercher.

Au fond, il n'était pas si mal, pour un yuppie. Pas mal du tout.

— Et votre voiture ? Qu'allez-vous en faire ?

— La réparer. Vous connaissez un bon garage pas cher ?

— Pas vraiment.

Pourtant, comme il aurait voulu l'aider ! C'était bien la seule chose qu'elle lui avait demandée depuis qu'ils se connaissaient ! Il lui ouvrit la porte de l'appartement, incapable de savoir ce qu'il pensait vraiment d'elle. Au début, il l'imaginait tout à fait en stripteaseuse. Puis il l'avait jugée écervelée, fofolle, loufoque... Une maîtresse d'école qui sautait d'un déguisement à l'autre, ce n'était pas banal. Mais ce soir, il avait deviné d'autres facettes en elle, qui le déconcertaient. Il se rendit compte qu'elle lui plaisait infiniment. Bizarrement, toutefois, cette découverte le remplit de terreur.

Perdue dans ses pensées, Lou traversa le salon tout en commençant à enlever son costume. La longue fermeture Eclair se bloqua.

— Attendez. Je vais vous aider.

Lou hésita, mais Alex était déjà derrière elle. Elle sentit ses doigts papillonner sur sa nuque, ses épaules, puis descendre doucement vers le creux de ses reins. Elle frissonna.

— Vous avez froid ?

— N-non. Ça va. Mon costume est mouillé...

— Alors, dépêchez-vous de l'enlever. On n'a pas besoin d'un clown enrhumé !

Machinalement, Lou ôta son costume, qui tomba sur la moquette en un petit tas de losanges roses et verts.

Alex en eut le souffle coupé. Elle n'était plus vêtue que d'un justaucorps de danseuse noir, qui ne cachait rien, mais abolument rien de ses formes. Elle leva les yeux et vit les siens, noirs, brillants, avides, qui la dévoraient sur place. Elle se sentit presque nue. Inutile de lui demander ce qu'il pensait !

— Lou, dit-il d'une voix rauque.

Il s'arrêta net. Qu'allait-il lui dire ? « Venez, mon lit est à côté ? Que diriez-vous d'un cinq à sept ? » C'était plutôt osé et ça manquait de romantisme ! Le désir le taraudait mais son intérêt pour elle n'était pas seulement physique. D'étranges sentiments s'y mêlaient, qu'il était bien incapable de déchiffrer.

— Oui ? souffla-t-elle.

Elle hésitait, tiraillée entre les deux hémisphères de son cerveau, qui lui chantaient une partition à deux voix depuis quelques secondes. « Non ! Pas question ! Ne cède pas à ce monsieur que tu connais à peine et qui est ton colocataire. N'oublie pas que vous devrez cohabiter encore pendant des mois ! affirmait l'une avec logique. Pourquoi pas ? Laisse-toi aller, il fait si froid dehors, et tu es si triste ! Alex est beau, tendre, viril... Il saura te réchauffer, te consoler, tu serais si bien dans bras », lui susurrait l'autre, plus romantique. Et Lou, sous son air affranchi, était une éternelle romantique. Elle s'approcha de lui, posa une main sur le large torse, répéta à voix basse :

— Oui, Alex ?

Il avait sa réponse. Il ne pensait pas gagner si vite la partie ! Il respira profondément. Il n'avait plus qu'à la débarbouiller. Lou était adorable, infiniment désirable, mais il n'était pas tout à fait prêt à faire l'amour avec... un clown.

— Lou chérie... J'aimerais t'embrasser. Mais sans maquillage !

— Oh ! Je l'avais complètement oublié !

Elle porta les deux mains à ses joues, encore grimées.

— J'en ai pour deux minutes.

Alex la suivit dans sa chambre. Il lui prit le coton et le démaquillant des mains.

— Laisse-moi faire, murmura-t-il.

Il versa quelques gouttes sur un disque de coton et lui effleura le front, l'arête du nez, l'arrondi des joues, en légers mouvements circulaires. Lou ferma les yeux, s'abandonna à ce délicat massage. Mmm... absolument délicieux !

— Je commence à découvrir la vraie Lou, sous ce masque. Des sourcils parfaits... un adorable petit nez...

Le coton glissait en douceur sur chaque partie de son visage. Elle se détendit complètement, tandis qu'il poursuivait sa description :

— Des joues veloutées comme des pêches...

Elle soupira d'aise. Jamais elle n'aurait cru qu'un démaquillage puisse devenir aussi sensuel !

— Et ce que je préfère : une bouche gourmande, provocante... d'un érotisme torride, acheva-t-il avec un petit rire de gorge.

D'un doigt, il massa les lèvres bombées avec un peu de produit, puis les essuya doucement, tendrement. Elle ouvrit les yeux, les plongea dans les siens, s'y noya. Sans cesser de la regarder, il emprisonna doucement la nuque fragile entre ses mains, effleura doucement les lèvres frémissantes puis, la renversant brusquement contre lui, colla avec emportement sa bouche contre la sienne. Aussitôt ils sentirent que leurs corps s'embrasaient. Que le baiser de ce matin était tiède, comparé au déchaînement subit de leurs sens ! Alex se fit exigeant, passionné, et elle réagit ardemment, presque violemment, sous la pression d'un désir qui l'affolait. En frémissant, elle se plaqua contre lui, roula les hanches contre les siennes, entrouvrit les lèvres, accueillit avec bonheur sa langue, sa fougue, son audace. Déjà, les doigts d'Alex se faufilaient sous les bretelles du justaucorps, enveloppaient ses seins gonflés. Déjà, elle se ployait, se cambrait, pour mieux s'offrir. Dans un instant, il la ferait sienne.

Il s'immobilisa. D'interminables secondes, elle attendit, espéra, retenant son souffle. Elle ouvrit enfin les paupières. Penché sur elle, il la scrutait avec intensité. Des yeux, des mains, de tout son corps, elle implora un autre baiser, mais il s'écarta.

Il allait parvenir à ses fins, et il arrêtait tout ? Alors qu'il la désirait follement ? Que se passait-il ? Il n'y comprenait rien. Des sentiments nouveaux l'envahissaient, le perturbaient, plus forts que l'envie qu'il avait d'elle. Depuis qu'il avait assisté à la révélation de son vrai visage sous le masque de clown, depuis qu'il avait senti son corps vibrer follement sous le sien, il la considérait différemment. Il ne voulait pas d'un simple interlude sexuel. Il la voulait, elle. Corps et âme.

— J'ai besoin de vous connaître davantage. Autrement. Je veux que nous partagions pleinement ces moments-là, murmura-t-il.

C'était d'un grotesque ! La fille la plus attirante qu'il ait jamais rencontrée s'offrait à lui et il la repoussait ! Il avait du mal à affronter les larges prunelles bleu-gris, surprises et frustrées, les délicats sourcils froncés, les lèvres crispées.

— Vous êtes une vraie girouette, s'emporta-t-elle. Vous changez d'avis comme de chemise !

Elle se redressa, l'œil glacial, les joues rouges de colère.

— Je ne suis pas une poupée gonflable, Alex.

Il se releva, fourra les mains dans ses poches, toussota nerveusement.

— Lou, vous ne comprenez pas...

Lui non plus, d'ailleurs. Il n'y comprenait rien. Tout ce qu'il savait, c'est qu'un simple petit tour entre les draps de Lou avait perdu de son attrait, alors qu'elle lui semblait plus désirable que jamais.

Elle réajusta ses bretelles, sauta du lit, passa devant lui.

— Excusez-moi, mais je dois me préparer. Je travaille, ce soir.

Brrr... sa voix était réfrigérante. Il voulut la retenir, se faire pardonner.

— Vous n'allez pas partir sans dîner. Je vais nous chercher un souper fin chez le traiteur, d'accord ?

Elle allait lui dire non. Non à tout ce qu'il pourrait inventer pour se rattraper. Anxieux, la mâchoire contractée, il soutint son regard sans ciller. Mais ce fut elle qui baissa le sien, soudain confuse. Elle venait de voir la vérité en face. Elle venait de se faire du cinéma. Une heure dans les bras d'Alex, c'était l'oubli, la fuite en avant... Un moyen d'échapper à la maladie de Nancy, à sa disparition, à l'abominable tristesse qui s'était abattue sur ses épaules comme un carcan de béton depuis des années. Susan, le petit sosie de Nancy, avait fait resurgir le cauchemar. La chaleur d'Alex, sa sensualité, sa passion, l'auraient oblitéré. Il l'avait deviné. Apparemment, il voulait être davantage qu'un simple divertissement.

— D'accord pour un dîner... mais chinois, et avec des baguettes ! répondit-elle plus calmement.

Il ne se le fit pas dire deux fois et s'éclipsa avant qu'elle ne changeât d'avis. Lou entreprit de se changer, accumulant bêtise sur bêtise. En moins de vingt minutes, elle réussit à filer deux collants, perdre sa brosse à cheveux, se piquer violemment en épinglant une broche, se mettre du mascara dans l'œil et pleurer abondamment. Lorsque Alex reparut, les bras encombrés de gros sacs de papier brun, elle était tout juste prête.

Ils dînèrent sagement, troublés par leur étreinte inachevée, et tout ce qu'elle impliquait. Alex parla de la pluie et du beau temps, Lou lui raconta quelques anecdotes piquantes sur ses soirées « Shehanigans ». Il fut bientôt l'heure de partir. Elle enfila son manteau, se retourna vers Alex, la main sur la poignée de la porte, hésita.

— Alex, balbutia-t-elle, rougissante. Je voulais vous dire, pour ce qui s'est passé tout à l'heure...

Il la regarda paisiblement, du fond du canapé.

— Que s'est-il passé ? demanda-t-il doucement.

Leurs yeux se croisèrent. Il se leva, la prit aux épaules, le regard dans le sien.

— Peut-être qu'il ne s'est rien passé du tout, chuchota-t-il.

— Vous avez raison.

Elle se détourna et partit dans la nuit. Ils se mentaient tous les deux, mais aucun n'était encore prêt à s'avouer l'existence de cet étrange sentiment qu'ils avaient l'un pour l'autre.

Si seulement Alex avait été son seul problème ! Hélas, Lou était rongée nuit et jour par ses soucis financiers... Elle ne rechignait pourtant pas à la tâche, acceptait de bon cœur tous les jobs qu'on lui proposait, faisait des « heures sup' », et gagnait son pain à la sueur de son front. Mais si la sueur coulait à grosses gouttes, le pain restait rare. Et Lew, le grand méchant loup, restait à l'affût des remboursements hebdomadaires au taux d'intérêt exorbitant.

Et puis, il y avait les aléas : la voiture à réparer, par exemple. Comment multiplier ses apparitions dans toutes les soirées de la ville sans moyen de locomotion ? Elle n'avait pas le don d'ubiquité ! Sa coccinelle lui servait même de vestiaire ambulant. Elle se maquillait dans le rétroviseur aux feux rouges, ajoutait un « haut », enlevait un « bas » à l'abri des parkings déserts.

Pour récupérer l'engin, la note était salée : deux cent quatre-vingts dollars. Presque un loyer ! N'ayant pas le choix, elle avait accepté la réparation... et la facture.

Elle passa chercher sa voiture dans la soirée, après une journée exténuante. Elle se gara à un bloc de l'officine de Lew, en prenant bien soin de ne pas se faire voir — ce qui était une gageure avec son char hippie et le costume hindou qu'elle portait ce jour-là — et glissa très discrètement une enveloppe dans la boîte aux lettres. Elle le prévenait qu'elle ne pourrait pas payer sa seconde échéance. C'était ça ou la voiture, impossible d'assumer les deux, mais elle verserait la troisième sans faute et doublerait la dernière pour compenser.

Elle rentra se coucher satisfaite, et dormit comme un bébé.

Alex eut du mal à travailler toute la semaine. Lou l'avait sérieusement perturbé. Titubant de fatigue, il l'attendit même plusieurs soirées jusqu'à une heure très avancée. Rien à faire. Autant donner rendez-vous à une extraterrestre ! En revanche, ce vendredi, il espérait au contraire qu'elle rentrerait encore plus tard que les autres soirs, car il avait besoin de l'appartement pour lui tout seul.

Pour s'en assurer, il colla un papier bleu sur le miroir de la salle de bains :

« Lou, serez-vous là vendredi soir ? A. »

Elle lut son message à 2 h 30 du matin, en se brossant les dents. Elle relut plusieurs fois le petit papier, stupéfaite. C'était un peu laconique, pour une invitation... sans doute le style yuppie !

Elle passa mentalement en revue son emploi du temps. Impossible de caser Alex. Elle n'avait même plus le temps d'avoir un boy-friend ! Cela devenait insensé ! Vendredi, elle avait trois soirées de prévues, toutes très bien payées. Elle pesta, fulmina... mais rien à faire. Sa vie était minutée comme celle du président Bush. Elle enfila avec un soupir son T-shirt trop grand, avec un dragon dessiné en plein sur le nombril. Comme elle aurait aimé arracher trois divines petites minutes pour se retrouver dans les bras d'Alex ! Il embrassait prodigieusement. Et lorsqu'elle pensait à lui — ce qui arrivait de plus en plus souvent — le yuppie s'effaçait derrière l'homme, gentil, intelligent... et formidablement bien constitué.

Soupirant toujours, elle colla un petit papier rose sur le miroir :

« Alex, vraiment désolée. Je travaille vendredi soir. »

5.

— Lou, il faut absolument que je te parle ! Tout de suite !

Trudy referma violemment la porte d'entrée, entra précipitamment dans le salon, son incontournable bol de café à la main.

— Ça fait deux jours que je te cherche !

Lou la fit asseoir et se remit à mâchonner un sandwich.

— J'ai beaucoup travaillé, Trudy.

— Remarque... heureusement pour toi, tu n'étais pas là !

Elle se pencha et prit un air de conspirateur pour chuchoter :

— Quelqu'un est venu te voir. Il a fait le pied de grue devant ta porte et a interrogé tout l'immeuble.

Lou avala sa bouchée, fronça les sourcils.

— De quoi a-t-il l'air ?

— Petit, le cheveu gras, les lunettes rondes, l'imper sale... Il ne me plaît pas du tout.

— Qu'est-ce qu'il voulait ?

— Savoir si je te connaissais. Si je t'avais vue récemment. Si tu habitais vraiment ici. Bref, il menait sa petite enquête.

Lou frissonna.

— Que lui as-tu répondu ?

— La vérité. Que je te voyais très peu. Il m'a demandé

de te transmettre un message : « Si tu n'es pas réglo avec Lew, tu risques de le regretter. »

Lou s'étrangla dans son verre de lait.

— Lew ? Tu as dit Lew ?

— Tu connais cet individu ?

— Oui, malheureusement. Je lui dois quatre mille sept cents dollars !

— Lou ! Oh, non ! Pas à lui !

Trudy alluma fébrilement une cigarette.

— Dire que c'est ma faute ! Je n'aurais jamais dû te parler de cet usurier... Mais pourquoi diable vient-il fouiner par ici ?

— Parce que je n'ai pas pu régler ma deuxième échéance. C'était ça ou la voiture. Et sans ma voiture, je ne peux pas travailler. Tu vois un peu le cercle vicieux ! Alors je lui ai écrit. Apparemment, il n'a rien compris.

Elle se leva.

— Peut-être que si je lui téléphonais...

Trudy la retint par le bras.

— D'après la tête qu'il fait, il ne comprend que le bruit des espèces sonnantes et trébuchantes. Tu pourras payer, la semaine prochaine ?

— Je crois. J'ai accepté tellement de jobs différents chez Shehanigans que je ne sais plus où donner de la tête ! C'est ce maudit garage qui a tout flanqué par terre !

— Ne te mets pas sur son chemin avant mercredi. S'il revient, je lui dirai que tu as déménagé. Et n'oublie pas que j'ai toujours mon petit bas de laine...

— Merci, Trudy. Mais ça ira.

Lou ramassa son sac et une petite valise bourrée de costumes et de maquillage. Sur le palier, elle hésita.

— Trudy... Cela reste entre nous, bien sûr. Tu crois que Lew a parlé à Alex ? Il va me croire givrée...

Un yuppie devenait sûrement hystérique s'il rencontrait un type comme Lew.

Trudy haussa négligemment les épaules.

— Comment veux-tu que je le sache? Demande-le-lui!

— Pas question. Il me trouve assez bizarre comme ça.

— Mais si tu lui expliques pourquoi...

— Non.

Trudy la scruta un long moment.

— Cela t'ennuierait vraiment, n'est-ce pas, qu'il ait vu Lew?

— Non... euh, si. Non! balbutia Lou. Il faut que je me dépêche, je vais encore être en retard.

Pour sa dernière réception, Lou devait porter le costume alsacien : robe noire à modestie blanche, petit tablier rouge, bas résille blancs et immense nœud papillon dans les cheveux. Il lui fallait livrer un bouquet de fleurs et dire un petit compliment à un couple qui fêtait ses noces d'or. Leurs enfants, à l'origine de la surprise, faisaient ainsi un clin d'œil à la terre natale de leur père.

Le désastre! Sous une pluie battante, elle chercha désespérément la petite impasse dans la grande banlieue résidentielle pendant près d'une heure. Une fois la maison repérée, elle patienta un bon quart d'heure sur le paillasson de l'heureux couple... qui n'était plus chez lui.

— Pourquoi? Pourquoi cela m'arrive-t-il à moi? Toujours à moi? grommela-t-elle, le bouquet à la main devant la porte close, le compliment en travers de la gorge.

Elle déposa le bouquet, descendit les marches du perron en faisant claquer bien fort ses sabots noirs.

D'accord, l'adresse n'était pas évidente. Mais si elle s'était concentrée sur le plan, au lieu de rêvasser bêtement à la possibilité d'une soirée avec Alex, elle serait probablement arrivée avant le départ des tourtereaux. Et au rythme où allaient les choses, elle risquait de ne plus le voir du tout. Elle se réveillerait un beau matin pour voir écrit sur le miroir qui leur servait de boîte aux lettres :

« Lou, Loft prêt. Heureux de vous avoir connue. Bonne chance, A. »

Elle marcha jusqu'à une cabine téléphonique et appela Shehanigans. La secrétaire la fit attendre quelques instants avant de lui annoncer ses rendez-vous de la soirée :

— Allô, Lou Bauer ? Désolée, votre réception est annulée, ce soir. Non, ce n'est pas si désolant que cela : vous serez payée quand même ! Que s'est-il passé ? Eh bien, le fiancé est parti brusquement au Canada, sans prévenir la fiancée. C'est courant, vous savez...

— Super-génial ! hurla-t-elle à l'appareil.

Libre ! Elle avait une soirée de libre ! Le jour où Alex l'avait invitée ! Enfin, ce n'était pas exactement ce qu'il avait écrit, mais ça revenait au même. Elle allait lui téléphoner pour lui annoncer la bonne nouvelle ! Non ! Elle lui ferait la surprise ! Dans la voiture, elle se mit à fredonner, accompagnée par le bruit des essuie-glaces. Voyons, iraient-ils au cinéma ? Dîner plutôt. Ou peut-être les deux ! Elle monta l'escalier d'un pas léger, malgré les sabots, prit la clé dans son sac... et se figea. La voix, derrière la porte, la pétrifia sur place. Une femme ! Trop tard, elle arrivait trop tard... Décidément, c'était sa journée ! Qui va à la chasse, perd sa place. Alex n'avait pas perdu de temps pour lui trouver une remplaçante... Adieu ciné, dîner, soirée !

Lou colla sans vergogne l'oreille contre la porte. Quelle idiotie, ces portes épaisses ! Impossible de comprendre ce qu'ils disaient. Elle allait ouvrir, lorsqu'elle s'arrêta, la clé en l'air, le cœur glacé. Que faisaient-ils ? Alex ne s'attendait certainement pas à son retour impromptu. Normalement, il avait quartier libre jusqu'au petit matin. Une affreuse pensée lui traversa l'esprit. Oh, non... ils n'étaient pas en train de...

Elle se dandina nerveusement sur le paillasson, écouta de plus belle, s'efforça d'interpréter les quelques sons qui lui parvenaient. En vain. Soit ils étaient très discrets, soit elle devenait dure d'oreille ! Voyons, s'ils faisaient... ce qu'elle imaginait, ils seraient dans la chambre. Pas derrière la porte de l'entrée !

De plus en plus nerveuse, Lou décida de ne pas courir le risque d'une scène scabreuse. Elle frappa. Plusieurs fois. Ça, c'était le comble ! Elle en était réduite à demander qu'on lui permette d'entrer dans *son* appartement parce que son colocataire faisait Dieu sait quoi avec Dieu sait qui, sur *son* canapé !

La porte s'ouvrit brusquement et elle se trouva nez à nez avec un Alex plus yuppie que jamais, dans son pantalon de flanelle grise et son blazer bleu marine. Il avait l'air horrifié. Manifestement, il ne s'attendait pas du tout à la voir. Eh bien, tant pis. Elle avait quand même le droit de rentrer chez elle le soir, non ?

— Lou ! s'exclama-t-il comme s'il ne l'avait pas vue depuis dix ans.

Elle ouvrit la bouche. Il la lui bloqua aussitôt de la paume de la main.

— Chuut ! siffla-t-il entre ses dents.

— Alex ? Tu as de la visite ? s'enquit une voix ultra-féminine, depuis le salon.

Sur la pointe des sabots, Lou tenta un coup d'œil derrière l'épaule qui lui barrait l'horizon. Elle ne vit rien de compromettant.

— Pour l'amour du ciel, ne dites pas que vous habitez ici, supplia Alex. Je vous expliquerai...

Elle allait lui rétorquer qu'il était ici chez elle — vrai — et qu'elle se fichait éperdument de sa vie privée — faux — lorsqu'elle aperçut la dame. Pas une femme. Une dame. Une lady. Grande, mince, chignon argent et tailleur rose poudre, foulard de soie, rang de perles, brillant au doigt, escarpins à talons fins. Tout y était, même le soupçon de maquillage et le nuage de parfum. Un prototype B.C.B.G., symbole de l'élégance et du classicisme, et un modèle de distinction. Re-dou-ta-ble ! Alex s'écarta prestement :

— Maman, je te présente Lou Bauer, articula-t-il avec peine.

Lou était confondue. Abasourdie, interloquée. A la fois gênée et soulagée. Elle avait tout faux : primo, il n'était pas avec une supernana, secundo, son rendez-vous n'avait rien de galant.

Saisie, elle fit un vague sourire et faillit esquisser une révérence. La mère d'Alex ! Plus yuppie qu'elle, tu meurs ! Il y avait eu d'abord l'aquarium, ensuite le vélo, et maintenant la maman. Vraiment, il ne se gênait pas.

— Ravie de vous rencontrer, mademoiselle, déclara « lady » Carson, les yeux fixés sur le costume alsacien.

Alex intercepta son regard et intervint précipitamment.

— Lou est une... euh... une actrice. Elle doit jouer ce soir. Elle est passée pour... pour prendre du sucre. Attendez un instant, Lou, je vous en apporte tout de suite !

Il fila vers la cuisine.

Du sucre ? Il ne manquait pas de toupet ! Tout plutôt que d'avouer à sa mère qu'il vivait avec Lou, même en frère et sœur ! Evidemment, vu le look glacé de la dame, il y avait de quoi se sentir encore petit garçon.

— Quel genre de rôle jouez-vous ? demandait justement la dame, les yeux toujours rivés sur son costume.

Sous ce regard, Lou se sentit toute petite. Elle diminuait à vue d'œil, comme Alice au Pays des merveilles. Ou tout simplement comme une Alsacienne débarquant à Washington en sabots et en costume folklorique un jour de pluie.

— Eh bien... c'est très variable.

— Hmm... ce doit être passionnant, rétorqua la dame, l'air plus sceptique que jamais.

A ce moment précis, Alex déboula dans l'entrée, un paquet de trois kilos de sucre dans les bras. Lou pinça les lèvres pour ne pas éclater d'un rire hystérique. Dans cinq minutes, elle serait bonne pour l'asile. Il n'allait quand même pas l'obliger à retourner dehors, en petite robe rouge et noire, un énorme nœud pap' au sommet du crâne, traînant par-dessus le marché trois kilos de sucre !

— Mais... je n'ai pas besoin de tout ça, je vous assure, protesta-t-elle faiblement.

— Si, si. C'est pour vos gâteaux. Prenez tout.

Au moins, il ne faisait pas dans le détail ! Elle récupéra le paquet comme un gros ballon de foot, et se sentit gentiment, mais fermement, poussée dehors. Elle agita la main par-dessus l'épaule d'Alex.

— Bonsoir, madame.

La dame hocha dignement la tête.

— Attention, yuppie. Je te laisse une heure. Pas une minute de plus, compris ? menaça-t-elle entre ses dents.

— Merci, chuchota-t-il.

Il referma vivement la porte derrière elle.

Lou se retrouva dans l'escalier, seule, fatiguée, bizarrement fagotée, trois kilos de sucre dans les bras, une pluie diluvienne dehors, et nulle part où aller. Trudy était de corvée de nuit, cette semaine. Et, en plus, elle avait oublié son parapluie. Elle hésita entre passer une heure au frais dans sa voiture — mais garée très loin — ou soixante minutes au chaud dans le fast-food du coin, en compagnie de son sucre. Elle opta pour la seconde solution.

Elle marcha vivement dans la rue déserte. Clic, clac... Seul le bruit incongru de ses sabots pointus résonnait dans le noir... La pluie s'était changée en bruine. Elle frissonna, se hâta. Au moment où elle allait tourner dans la grande artère mieux éclairée, elle entendit un pas pressé derrière elle. Lou s'arrêta net au carrefour, fit semblant d'hésiter. Les pas stoppèrent aussitôt. Pas de doute, on la suivait. Elle vira à droite. Le bruit se rapprochait, « on » allait la rattraper. Elle s'engouffra dans une petite impasse, connue des seuls habitués du quartier, et attendit, haletante, le cœur battant à se rompre. Quelques secondes plus tard, à la lueur blafarde des néons, elle vit passer un petit homme gras en imper froissé, abrité sous un grand parapluie noir. Il ralentit, tourna lentement sur lui-même, scrutant l'obscurité. Instinctivement, elle se recroquevilla davantage contre le mur. C'était Lew, l'usurier d'Arlington. Il eut un petit rire grinçant, qui lui fit penser à une hyène guettant sa proie, puis disparut dans la nuit. Elle frissonna de nouveau, mais de soulagement, cette fois.

Elle patienta une bonne minute avant de sortir de l'ombre, tout en fulminant. Elle était stupide ! Avoir peur d'un prêteur grassouillet, quelle poltronne ! Il voulait de l'argent, voyons, simplement de l'argent. Pourtant, tout en marchant, elle n'était pas totalement convaincue de l'innocence de la démarche du petit homme. Et s'il avait eu un couteau sous son imper, hein ? Au fond, elle avait bien fait de se cacher. Demain, il ferait jour. Mieux valait rencontrer le méchant Lew en pleine lumière...

Elle pénétra dans la grande salle du fast-food et s'effondra sur un tabouret. Elle était trempée, les cheveux dégoulinant sous le nœud papillon qui battait lamentablement des ailes, les bas blancs maculés de boue, et le fameux paquet de sucre tout humide, prêt à se déchirer. Harassée, elle commanda un hamburger et un café bien chaud.

Devant son plateau de plastique rouge, elle fit un premier bilan de sa soirée : un vrai désastre ! Alors qu'elle rentrait la bouche en cœur, tout excitée, elle avait été mise à la porte de son appartement par Alex. Ou plutôt par la mère d'Alex, trop belle, trop élégante, trop riche... l'opposé de sa mère à elle, qui avait trimé comme femme de ménage pour les sosies de « lady » Carson et élevé seule ses trois filles. Puis elle avait dû se tapir dans une ruelle toute noire pour échapper aux griffes d'un usurier qui était peut-être armé, et voilà qu'elle devait maintenant faire pénitence encore trente-trois minutes avec pour seul réconfort un hamburger-carton-pâte et un café-jus de chaussettes !

Lou avala impatiemment son café. Pouah! Il était tiède. Puis elle fixa les aiguilles de la grosse horloge de plastique blanc, qui bougeaient si lentement... si lentement.

A bout de nerfs, elle se leva avec dix minutes d'avance. Tant pis pour Alex s'il n'avait pas encore réussi à se débarrasser de la reine mère! Elle replia sa serviette de papier, la fourra dans son gobelet, jeta le tout dans la poubelle. Plus résolue que jamais, elle prit son sac, le paquet de sucre, et le chemin du retour.

La pluie avait repris de plus belle. Une belle averse de mars, giboulées comprises. Loù se mit à courir, tête baissée, et perdit son grand nœud noir dans la tourmente. Les gouttes ruisselaient dans son cou, et quelque chose d'autre ruisselait maintenant le long de ses jambes, de ses chevilles, remplissait ses sabots... Le sucre! Le papier s'était déchiré, et à chaque pas, les grains blancs cascadaient allégrement sur ses bas résille. Ils se faufilaient entre les mailles, se collaient à la peau...

— Oh, non...., gémit-elle.

Elle lança le paquet derrière les plates-bandes de l'immeuble, s'élança à l'assaut de l'escalier. Tout ça, c'était la faute d'Alex! Elle se pendit à la sonnette et pressa le bouton comme une folle.

— Bonté divine, Lou! Mais vous êtes trempée!

— Mais non, vous avez la berlue, répliqua-t-elle en s'ébrouant comme un épagneul qui sort d'une rivière.

— Et vos pieds! Qu'est-ce que...

— Du sucre.

— Du... sucre?

— Oui, yuppie! Celui que vous m'avez donné! Vous êtes content?

Alex toussota derrière sa main pour ne pas éclater de rire. Lou formait le tableau le plus cocasse et le plus désopilant qu'il ait jamais vu. Mais aussi le plus charmant. Les joues toutes roses de sa course sous la pluie, les mèches folles retombant en désordre sur son front, les lèvres rouges, les gouttes perlant à la frange de ses longs cils noirs... Non, il en avait envie, certes, mais il ne le ferait pas, décida-t-il très vite.

— Lou, je suis vraiment désolé. Je ne m'étais pas rendu compte qu'il pleuvait. Vous comprenez, ma mère...

— Votre mère ! Votre bicyclette ! Votre aquarium ! C'est toujours...

Elle s'interrompit brutalement en apercevant un grand objet, de forme ovale, recouvert d'un drap, qui trônait sur la table basse près du canapé.

— Et ça ? Qu'est-ce que c'est..., demanda-t-elle, en le désignant du doigt.

— Oh, ça..., répondit Alex avec un geste vague. J'ai justement promis à ma mère de le garder ici pendant son voyage. Elle passe toujours deux mois en France avec tante Amelia, à cette époque de l'année, et...

— Alex ! explosa-t-elle brutalement. Je me fiche de votre tante Amelia ! Et je veux savoir ce que cette chose fait ici, dans mon salon !

— Mais c'est ce que je suis en train de vous expliquer, Lou !

Comment allait-il le lui dire ? Cette fois, il risquait la crise d'hystérie. Il adopta une voix douce, calme, comme s'il parlait à un bambin à qui on venait d'arracher son jouet préféré.

— Pendant que ma mère est...

Lou ne l'écouta même pas. D'un geste sec, elle ôta le drap... et se retrouva les yeux écarquillés, en arrêt devant des petits barreaux blancs. Et derrière ces barreaux, d'autres yeux la regardaient, ronds et brillants comme des boutons de bottine. C'était l'oiseau le plus loufoque qu'elle ait jamais vu ! Il était jaune vif, à l'exception d'une petite touffe de plumes noires qui lui retombaient sur le bec. Elle ne savait même pas qu'un truc pareil pouvait exister ! Un volatile avec une frange à la Beatles !

— C'est... Ringo, annonça faiblement Alex. Le canari de ma mère.

— Non, cria Lou d'une voix suraiguë. Non ! Pas de canari ici ! On a déjà les poissons et tout votre capharnaüm ! Tant pis si je n'ai pas un sou ! Je refuse de vivre dans une ménagerie !

Là, elle frôlait vraiment la crise de nerfs.

Immédiatement, comme si Lou l'avait remonté avec une clé, l'oiseau sautilla sur son perchoir, poussa deux petits piaillements pour trouver le ton juste, et se mit à chanter d'une voix perçante.

— Alex Carson, articula Lou, tremblant de rage, mettez cet oiseau dehors. Tout de suite !

Le canari chanta un peu plus fort.

— Tout de suite ! Je ne veux plus le voir, vous m'entendez ? hurla-t-elle.

Plus elle criait, plus il chantait. Alex se mordit violemment les lèvres pour ne pas rire.

— Je vais remettre le drap sur la cage. Il va se taire et vous, vous allez vous plonger dans un bon bain chaud. Nous aviserons demain, répliqua-t-il d'un ton ferme. Je ne peux pas lui trouver un autre foyer cette nuit.

Lou jeta un coup d'œil meurtrier à la boule jaune et piaillante, puis à son colocataire.

— C'est très simple, Alex. Soit vous me débarrassez de cet oiseau de malheur demain, soit je le passe à la moulinette !

Alex se précipita pour recouvrir la cage et Ringo s'arrêta net au milieu de ses trilles.

— Ecoutez, Lou, je n'ai pas une passion pour Ringo, mais...

— Et surtout pas de « mais » !

Elle se leva et marcha vers la salle de bains d'un air glacé et hautain, les jambes plâtrées de sucre. Puis elle claqua délibérément la porte derrière elle.

Alex se mit à arpenter le salon. Il se sentait coupable. Il

n'avait vraiment pas été chic avec elle, et on ne pouvait pas dire qu'il ait beaucoup compati à ses malheurs! Le côté loufoque de l'aventure l'avait fait pleurer de rire... intérieurement, bien sûr. Mais il n'aurait pas ri du tout si les rôles avaient été inversés.

Derrière la cloison, le robinet avait cessé de couler. Elle était certainement dans son bain.

— Lou! cria-t-il.

Pas de réponse. Elle devait bouillir de rage.

— Lou! appela-t-il un peu plus fort.

Au bout de quelques instants et de quelques clapotis dans la baignoire, il entendit faiblement:

— Je prends un bain.

— Je suis au courant, merci. Je... je voudrais que vous me pardonniez.

— Que dites-vous?

— Je vous demande pardon! hurla-t-il à travers la cloison.

Elle le faisait sûrement répéter exprès.

Lou s'enfonça un peu plus dans la mousse. Son pardon, il l'attendrait une éternité, et même davantage!

— Pas question, yuppie!

— Je suis vraiment désolé...

— Je n'entends rien! déclara-t-elle avec une évidente mauvaise foi.

A son tour de le faire marcher!

— Oh, zut!

Le gros savon rose lui échappa des mains et tomba sur le sol avec un bruit mat.

— Lou? Tout va bien?

Elle entendit la porte s'ouvrir. Nom d'un chien, qui lui avait permis d'entrer? Elle tira vivement le rideau de douche le long de la baignoire.

— Alex Carson, fichez le camp d'ici! Allez, ouste!

— Je ne suis pas encore entré, répondit-il très calmement. J'ai entendu un drôle de bruit et je voulais simplement m'assurer que tout allait bien.

— Eh bien, vous pouvez refermer cette porte l'esprit en paix. Je prends mes bains toute seule depuis près d'un quart de siècle et je ne me suis pas encore noyée une seule fois !

Elle attendit. La porte restait ouverte.

— Dehors, yuppie !

Elle passa la tête derrière le rideau. Il était nonchalamment appuyé contre le chambranle de la porte, les mains dans ses poches, un large sourire aux lèvres.

— Ne vous en faites pas, votre pudeur est sauve ! Mais je préfère entrer, car je n'aime pas crier lorsque je discute.

Il fit un pas dans la salle de bains.

Lou referma prestement le rideau, essora son éponge.

— Et qui dit que nous devons discuter ?

— Moi.

Le ton paisible horripilait Lou.

— Je suis vraiment navré d'avoir gâché votre soirée, Lou.

Il s'assit tranquillement sur le tabouret.

— Mais comme vous m'aviez dit que vous deviez travailler...

— Comment cela ?

— Le message sur le miroir. Il disait bien que vous ne seriez pas là. Sinon, je n'aurais pas demandé à ma mère de passer.

Lou arrêta de se frotter, perplexe.

— Alors... c'est pour cela que vous m'aviez demandé ce que je faisais ce soir ? Vous aviez peur que je rencontre votre chère maman ?

De rage, elle serra sauvagement l'éponge et commença à la déchiqueter. Alex avait perçu le changement de ton. Qu'est-ce qu'il avait bien pu faire, encore ? Lui qui avait tout prévu si minutieusement ! Sa mère devait lui amener Ringo sans rencontrer Lou. Il essaya de se remémorer ce qu'avait écrit la jeune femme. Elle était désolée, mais elle devait travailler... Il avait trouvé la réponse un peu bizarre, mais après tout, Lou l'était aussi...

— Pourquoi pensiez-vous que je vous avais mis ce mot, pour vendredi soir ?

— Aucune importance !

Wow ! Sa colère montait, il le sentait.

— Lou ?

Sapristi, il aurait préféré la voir. La conversation eût été plus facile. Il entendit des « splash » répétés, et se l'imagina dans son bain... Il remua nerveusement sur son tabouret et reprit d'une voix mal assurée :

— Lou ? Répondez-moi franchement. Quand vous avez lu mon petit mot... vous pensiez que je vous invitais ? Que je voulais sortir avec vous ce soir ?

Les « splash ! » se firent plus violents.

— Aucune importance, je vous l'ai déjà dit, yuppie.

Il avait sa réponse. Pas étonnant qu'elle lui en veuille à mort ! Elle croyait qu'il l'invitait, rentrait le plus tôt possible, et se faisait flanquer dehors !

— C'est un stupide malentendu, Lou. Quand puis-je vous inviter ?

— Jamais. Je travaille tous les soirs.

— Mais pas jusqu'à la fin des temps ! Vous aurez bien une soirée de libre...

— Non.

— Alors, prenez-la !

— Impossible. J'ai trop besoin d'argent.

— Pourquoi ? Pour aider votre sœur, c'est ça ?

— Mêlez-vous de ce qui vous regarde. J'en ai besoin, c'est tout.

Il vit un coude rose dépasser du rideau, l'aperçut en ombre chinoise en train de se laver le dos. Et fit la gaffe...

— Je peux vous aider ? Ce n'est pas facile de se laver le dos toute seule...

— Comment savez-vous ce que je fais ?

— Je suis extra-lucide à mes moments perdus. Alors, je vous aide ?

— Non.

— Mais pourquoi ?

Elle hésita. Oui, pourquoi ? Malgré l'eau chaude et la mousse parfumée, elle se sentait encore gluante de sucre. Ne serait-il pas agréable qu'une main amie vienne lui frotter doucement le dos ? Aïe ! Le savon ! Il se trouvait encore par terre, celui-là ! Comment allait-elle le récupérer ?

Elle le vit brusquement devant ses yeux, au creux d'une large main bronzée, qui se faufilait sous le rideau.

— Alex..., suffoqua-t-elle, indignée.

— Passez-moi votre éponge. Je vous promets de fermer les yeux...

6.

La tentation était trop forte. Alex écarquilla tout grand les prunelles devant la peau blanche et lisse, parsemée de gouttelettes irisées. Il s'agenouilla devant la baignoire. Comment un dos, un simple dos féminin, pouvait-il être aussi excitant ?

— Alors, yuppie, on s'endort ?

Fort pudiquement, Lou avait croisé les bras sur la poitrine et appuyé le front sur ses genoux.

— Je cherche l'éponge, mentit Alex. Et si vous voulez que je vous lave le dos, ne m'appelez plus « yuppie » !

Il empoigna d'une main un peu tremblante le gros savon rose, inspira profondément et commença par les épaules, en dessinant de larges mouvements circulaires qui laissaient un voile de mousse crémeuse.

— Hmm... vous faites cela très bien.

Alex ne répondit pas, fasciné par les muscles qui se détendaient sous ses doigts, le dos qui se soulevait plus calmement, plus profondément.

Alors qu'il prenait feu.

Flop ! Le savon glissa dans l'eau.

— Que se passe-t-il ? murmura Lou paresseusement, la voix étouffée.

— J'ai laissé tomber ce maudit savon. Ah ! Je le vois...

Il remonta bien haut une manche de chemise, plongea la main. Slurp ! La grosse boule lui échappa des doigts...

83

qui se retrouvèrent sur la hanche de Lou. Penché sur elle, les lèvres à trois millimètres de sa nuque, le corps pressé contre la baignoire, il ferma les yeux, pantelant.

— Je crois que je vais l'avoir, dit Lou paisiblement.

A son tour, elle tendit le bras pour l'attraper et se découvrit. Alex s'écarta légèrement pour mieux l'observer, sans aucun égard pour la promesse qu'il lui avait faite. Il la buvait des yeux, adorant tout ce qu'il voyait d'elle : la nuque fragile, la courbe de l'épaule, la naissance du bras rond et blanc, et la pente douce du sein plein, glorieux, qui s'incurvait délicatement vers la pointe rose et dressée. Il se mordit la lèvre inférieure, les yeux noircis par le désir.

— Zut, il a replongé, murmura Lou.

Elle abandonna le savon à son sort et recroisa les bras.

Alex se passa la langue sur les lèvres. Il avait la gorge sèche, nouée.

— Tant pis, dit-il d'une drôle de voix rauque.

Il lui frotta lentement le dos de sa large paume, tout le corps se balançant imperceptiblement au rythme de sa main. Lou ne bougeait pas, les oreilles bourdonnantes, le cœur en déroute, bercée par les mouvements réguliers, mais les sens en éveil. La température de son corps s'élevait dangereusement dans la tiédeur du bain. Elle avait chaud, très chaud, et en même temps, elle se liquéfiait au contact de ces doigts caressants, insistants.

« Arrêtez ! » C'était ce qu'elle aurait dû lui dire. C'était ce qu'elle allait lui dire... dans une petite minute.

— Ne bougez pas. Je vais vous rincer, chuchota Alex dans son dos.

Lou sentit le souffle brûlant sur sa nuque et tressaillit. Elle hocha la tête, incapable de parler.

« Il a presque fini, se dit-elle pour se donner bonne conscience. Il va s'arrêter tout seul dans vingt secondes. Ce serait idiot d'en faire tout un plat... »

Alex retroussa son autre manche, prit de l'eau dans ses

paumes, la versa doucement sur le corps soyeux et suivit des yeux le trajet des gouttelettes sur la peau nacrée, si tentante. Comment résister ? Il toucha les épaules rondes, effleura les bras fermes, frôla les seins tièdes, veloutés, si doux... encore plus doux qu'il ne l'imaginait.

Lou retint son souffle, stupéfaite. Son corps s'embrasa d'un coup.

— Ça, ce n'est pas... mon dos, yuppie, articula-t-elle d'une toute petite voix.

— Je sais.

Il se fit plus pressant, se mit à caresser du bout des doigts, puis de ses lèvres, les monts et les vallées de ce corps si provocant. Haletante, palpitante, Lou se tourna brusquement vers lui, ouvrit les bras, les noua derrière sa nuque et lui offrit sa bouche en poussant un petit gémissement. Il la prit avec passion.

Des images insensées se mirent à défiler dans la tête de la jeune femme. Elle l'imaginait nu, sombrant avec elle dans la baignoire ; ils brûlaient, frissonnaient, s'aimaient follement jusqu'à ce qu'il se consume, jusqu'à ce qu'elle explose dans une extraordinaire jouissance... Au centre de son corps, la flamme devenait brasier, le désir l'affolait...

Elle ouvrit les yeux. Alex la contemplait, le visage tendu par le désir. Un geste de sa part, et les images deviendraient réalité. C'est alors que le voile se déchira. Un autre visage se superposa, en un gros plan très net : le Dr Carson, riche play-boy, aussi étranger à son univers que pouvait l'être E.T. l'extraterrestre. Etait-ce bien avec lui qu'elle s'apprêtait à faire l'amour ? Il partageait son appartement. Comment lui faire face ensuite, chaque matin, jour après jour, pendant des semaines, voire des mois ? Comme si rien ne s'était passé...

Elle se raidit.

— Que se passe-t-il, Lou ?

— Rien, souffla-t-elle.

— Ne mentez pas !

Il encadra le petit visage fermé de ses mains humides pour l'obliger à le regarder. Tout à l'heure — il y a quelques secondes — ils étaient ensemble, lui et elle, emportés par une force magique, un tourbillon sublime... Et voilà qu'elle l'abandonnait en route !

— Vous... vous avez changé d'avis ? Vous ne voulez plus...

Le grand corps tremblait, la voix hésitait.

— Oui... Non. Mais...

— Mais vous ne voulez plus, répéta-t-il.

Il laissa retomber ses mains sur le bord de la baignoire, s'assit sur ses talons. Lou luttait contre les larmes.

— Je ne sais pas ce qui s'est passé. Tout à coup, j'ai pensé à l'avenir, à la vie que nous menons, à...

— Vous avez vraiment le don de cogiter au bon moment ! Si vous n'aviez pas l'intention d'aller plus loin, vous auriez pu me prévenir avant !

Il avait raison. Jamais elle n'aurait dû lui permettre d'entrer dans la salle de bains, encore moins de lui frotter le dos ! Se sentant coupable, elle attaqua, hérissée comme une chatte agressive. Elle attrapa une serviette qu'elle serra étroitement contre sa poitrine.

— Ce n'est pas moi qui vous ai demandé de me laver le dos ! Et d'abord, je n'étais même pas d'accord ! Vous avez forcé ma porte !

Il se releva, tourna les talons.

— Tu ne t'es pas beaucoup défendue, rétorqua-t-il avant de sortir de la salle de bains. La prochaine fois...

Elle l'interrompit violemment :

— Il n'y aura pas de prochaine fois ! Jamais !

Il lui jeta un regard rageur et frustré, et claqua la porte sans répondre.

— Et débarrassez-moi de ce crétin d'oiseau ! Je ne veux plus le voir ! cria-t-elle à travers la cloison.

Elle haussa les épaules. L'eau lui semblait glacée. Elle récupéra le savon à demi fondu, le remit sur son support, et sortit du bain, frigorifiée. Tout ce qu'elle souhaitait, maintenant, c'était une bonne nuit de repos, dans un lit bien chaud, et oublier cette journée désastreuse. Il y avait décidément des jours où il valait mieux ne pas se lever...

Le lendemain, Alex erra comme un robot déprogrammé. Il y avait Lou et, en plus, cette stupide boule de plumes jaunes, qui n'arrêtait pas de piailler sur son perchoir et qui ameutait les passants. Balançant la cage à bout de bras, il poussa enfin la porte vitrée du cabinet. Indécis, il fit trois pas dans la salle d'attente, toute moquettée de bleu.

— Alors, Alex, en forme ? Et tes amours ?

Le jeune homme sursauta et faillit lâcher la cage. Derrière le bureau de la secrétaire, Ned le contemplait d'un œil amusé.

— Quelles amours ? grommela Alex d'un ton rogue.

— Oh, oh ! J'ai visé en plein dans le mille...

— Hmm..., grogna Alex.

Il repoussa la pile de journaux sur la table basse et y déposa la cage. Ringo, un peu hébété par le voyage, secoua son espèce de frange hirsute et resta pour une fois silencieux.

— J'ai passé un sale week-end, avoua-t-il, l'air sombre.

— Et cette blonde canon ? La bombe sexuelle avec qui tu vis ? Elle n'est pas encore tombée dans tes bras ?

— Non ! explosa Alex. Et je refuse d'en parler !

Ned s'efforça de garder son sérieux.

— D'accord. Inutile de crier...

Ringo frétilla au bruit de voix, sauta sur sa balançoire, lança deux « pip, piiip ! » suraigus.

— Qu'est-ce que c'est ?

— Le canari de ma mère.

Interloqué, refusant de croire ce qu'il voyait, Ned saisit ses lunettes sur le bureau, les ajusta sur son nez et s'approcha prudemment de la cage, sa bouche formant un « Oh ! » muet et stupéfait.

Inconscient de son effet, Ringo ébouriffa ses plumes, pencha la tête vers Ned, les yeux luisants sous la couronne de duvet noir, poussa un trille insolent, sautilla et se balança de plus belle.

Ned fit le tour de la table basse, les yeux exorbités.

— Je peux te demander pourquoi tu as le canari de ta mère, ou est-ce encore une question indiscrète ?

— Je fais du canari-sitting pendant qu'elle se promène en Europe, marmonna Alex.

Il accrocha sa veste au portemanteau, enfila une blouse blanche.

Ringo sauta sur sa mangeoire et commença à picorer allégrement, sans se soucier des graines qui pleuvaient sur la moquette.

Ned réajusta ses lunettes et regarda son jeune associé bien en face.

— Soyons plus précis, Alex. Tu peux m'expliquer pourquoi *nous* héritons de ce volatile dégoûtant ?

Alex soupira. Visiblement, Ned n'appréciait pas non plus les canaris.

— Je n'avais pas l'intention de l'amener ici, je te jure. Mais Lou n'en veut pas dans l'appartement.

— Et c'est pour cela que vous vous êtes disputés, hasarda Ned.

— Hmm...

— Je vois...

Il hocha plusieurs fois la tête.

— Et quand vous vous êtes enfin réconciliés, disons, plutôt tendrement, toi tu voulais... tu me comprends... mais elle ne voulait plus. Alors tu as piqué une crise.

Alex le regarda longuement.

— Comment as-tu deviné ? Tu as une boule de cristal, maintenant ?

— Oh, je connais la musique, dit Ned en riant sous cape. Quand j'étais jeune, c'était la grande mode : les hommes voulaient, les femmes s'esquivaient. On appelait ça « faire la cour ». Mais je croyais que les temps avaient changé.

De la pointe de son mocassin impeccablement ciré, Alex repoussa quelques graines sous la table basse.

— Pas tant que ça, répondit-il avec amertume. Et c'est toujours aussi frustrant.

— Tout est une question de style, poursuivit Ned, un brin paternel. Certaines femmes aiment les préliminaires d'usage : sortir, danser, recevoir des fleurs et dîner aux chandelles...

— Je ne vois vraiment pas ce qu'un dîner vient faire là-dedans, se récria Alex en arpentant la salle d'attente.

— Comment ? Tu n'as pas vu *Tom Jones* ? Tu saurais, grâce à ce film, qu'un dîner peut-être aussi un fabuleux moment d'érotisme ! Et une jolie fille qui aime la bonne chère est... disons, pleine de possibilités !

Ned toussota, enleva posément ses lunettes, les examina à la lumière, fit la moue et sortit son mouchoir pour les essuyer.

— Elle t'intéresse... un peu ? Ou beaucoup ?

Alex tressaillit à la question. Il ne se l'était encore jamais posée.

— Beaucoup.

Au début, il avait cru Lou un peu timbrée. Maintenant qu'il la connaissait mieux, il avait changé d'avis.

— En fait, elle me plaît énormément, ajouta-t-il à mi-voix, comme s'il venait de s'en rendre compte.

C'était d'ailleurs le fond du problème. A un certain moment, ses rapports avec Lou avaient bifurqué. Il avait commencé à la considérer autrement, et c'est ce qui lui valait tous ces ennuis...

Ned interrompit brusquement le cours de ses pensées.

— Alors, quand sors-tu avec elle ?

— Impossible. Elle travaille jusqu'à minuit, et moi je dois me lever à 6 heures du matin.

Ned se laissa tomber sur la chaise pivotante de la

secrétaire et scruta longuement le visage d'Alex comme s'il s'apprêtait à lui assener un diagnostic difficile à supporter.

— Ecoute, Alex. Moi, vu mon âge, j'ai besoin de dormir. Mais à trente ans, c'est différent ! Tu es un jeune célibataire fringant, pas un vieux garçon maniaque et ronchon ! Ne me dis pas que tu en pinces pour une belle fille, mais que tu vas laisser tomber parce qu'il te faut tes huit heures de sommeil !

Ned secoua la tête, incrédule, puis se leva et disparut dans le couloir qui menait à son bureau. Alex enfonça les mains dans sa blouse blanche et donna un coup de pied à la table basse. Ringo frétilla de la queue et poussa son plus beau trille.

— Je n'avais vraiment pas besoin de ce satané canari par-dessus le marché, marmonna-t-il entre ses dents.

— C'est vrai qu'on n'entend plus que lui, fit observer une voix d'homme.

John Halvorsen ! Le vieil homme s'approcha d'Alex en souriant.

— Je ne veux pas déranger. Je passais par là et j'ai vu la porte entrebâillée, alors je suis venu vous donner des nouvelles de Susan. Et vous remercier pour le clown que vous lui avez envoyé, avec un ballon rouge.

Alex sourit pour la première fois depuis de longues heures.

— Comment va-t-elle ?

Les yeux du vieillard s'embuèrent.

— Ils lui font des examens supplémentaires. S'ils la trouvent suffisamment résistante, ils vont tenter l'opération...

Alex eut une pensée émue pour le petit bolide aux longues tresses qui aimait tellement dévaler la rue sur des patins à roulettes.

— S'ils la tentent, c'est qu'ils sont sûrs de réussir, répondit-il doucement. Dites-lui que nous pensons tous à elle, ici. Et que j'irai la voir cette semaine.

— Promis. Elle sera contente.

Halvorsen s'éclaircit la voix.

— Docteur, j'ai une faveur à vous demander. Vous pourriez vous arranger pour que ce clown vienne la voir régulièrement ? Susan l'adore.

— Aucun problème. Elle le verra tous les samedis, affirma Alex.

Même s'il ne lui disait rien, il savait que Lou irait d'elle-même passer quelques instants avec la petite fille. Clara le clown, c'était aussi Lou-la-tendresse.

Halvorsen eut un sourire radieux et serra la main d'Alex. Avant de partir, il jeta un coup d'œil étonné vers Ringo.

— Je n'ai jamais vu un oiseau pareil. Ce doit être un mutant... Dommage que Susan ne puisse pas le voir !

— Dommage surtout qu'elle ne puisse pas le prendre avec elle, répondit Alex en écho. Si seulement il pouvait persuader l'hôpital d'adopter Ringo !

Alex ébouillantait du soja lorsqu'il entendit la porte d'entrée s'ouvrir. Son cœur fit un double saut périlleux. Lou ! Il ne pensait même pas la voir, ce soir. Allait-elle le bouder ? Consentirait-elle à lui adresser la parole ?

Il ne put s'empêcher de sourire en la voyant apparaître dans la cuisine, dans un costume coquin de petite soubrette française, style comédie de boulevard. Une robe noire, moulante et très courte, éclairée d'un décolleté plongeant, un petit tablier blanc qui étranglait la taille fine avec un gros nœud empesé dans le dos, des bas résille et des ballerines vernies. Ne lui manquait que le plumeau ! Elle était à croquer.

— Vous rentrez tôt, ce soir.

— Il y a eu une confusion dans l'horaire. Ils m'ont dit 6 heures alors que c'était 9 heures.

Evitant son regard, elle alla accrocher son manteau et

ne vit pas le sourire d'Alex s'élargir. Enfin, elle avait un peu de temps libre ! Ils allaient passer quelques moments ensemble. Un dîner en tête à tête. Peut-être que s'il ajoutait une bougie...

Lou, elle, pensait tout autrement. Elle avait failli ne pas rentrer, sachant qu'elle trouverait forcément Alex à la maison, à cette heure-là. Comment lui faire face, après la scène dans la salle de bains ? Alex lui tournait le dos, remuant quelque chose dans son fait-tout électrique.

— Je suis désolée pour hier, dit-elle d'une toute petite voix.

Il se tourna à moitié et elle aperçut le plissement des paupières, la commissure de ses lèvres.

— Et en plus, vous vous moquez de moi, alors que j'essaie de m'excuser pour une faute que je n'ai pas commise toute seule, déclara-t-elle, les prunelles flambant de colère.

Alex se retourna tout à fait et lui fit face. Une furie en jupons, mais la colère lui allait si bien !

— Je ne me moque pas de vous ! Mais la situation est plutôt comique, non ?

— Je ne vois pas ce qu'il y a de drôle, rétorqua-t-elle d'un ton sépulcral.

Mais, brusquement, elle sentit les premiers hoquets du fou rire la secouer à son tour. Deux secondes plus tard, ils riaient ensemble comme des gamins après une bonne blague. Comment pouvait-elle rire de bon cœur avec un homme qui venait pourtant de la faire sortir de ses gonds ? Alex allait la rendre folle !

Les prunelles élargies, elle le vit lâcher la grosse cuillère de bois et s'approcher d'elle. D'instinct, elle recula d'un pas.

— Restez tranquille ! Cette lueur dans vos yeux ne me dit rien qui vaille. C'est même la source de tous nos problèmes !

Alex savoura tranquillement du regard le velouté du décolleté, la finesse de la taille, et s'avança encore.

— Non, murmura-t-il, le ton voilé, c'est vous. Vous êtes si troublante, si sexy...

Il tenta de l'attirer à lui mais elle s'écarta vivement et récupéra son manteau.

— Eh bien, je vais me cacher !

Et elle le boutonna de haut en bas, puis s'assit bien droite sur une chaise, devant la table.

— Finis les fantasmes et la lueur dans l'œil ! Pas de flirt entre colocataires. Compris, yuppie ?

Alex revint à son fait-tout sans répondre. Manteau ou pas manteau, il la voulait. Lou était un drôle de phéno-mène dont il ne pouvait plus se passer.

Elle posa les mains sur la table, très enfant sage avec son col boutonné bien haut et ses boucles blondes enca-drant son petit minois, et déclara avec beaucoup de conviction :

— Je suis bien contente que nous ayons réglé la situa-tion.

Elle ne savait pas très bien ce qu'ils avaient réglé au juste. En fait, les choses semblaient plutôt déréglées...

Alex déposa un grand plat sur la table.

— Le dîner de madame est servi !

Il s'assit en face d'elle. *Tom Jones*, pensa-t-il en la regardant manger. Ned avait raison. Un dîner pouvait être une expérience fabuleusement sensuelle. Il observa Lou prendre délicatement les pattes de crabe entre deux doigts, les mâcher, les sucer, se lécher les lèvres du bout de la langue... C'était peu de dire qu'elle le troublait... elle le bouleversait complètement, le mettait sens dessus dessous, avec le cœur en violente arythmie, les mains moites, le front brûlant, les jambes cotonneuses.

Lou mangeait, dévorait plutôt, sans le regarder. Après ce qu'elle avait froidement affirmé tout à l'heure, elle n'allait pas lui montrer qu'il lui donnait le vertige ! Sa faim apaisée, elle repoussa son assiette et s'essuya lon-guement les mains à la serviette en papier.

— Hmm... c'était rudement bon. Bravo, yuppie, vous êtes un fameux cuisinier !

— Merci.

Le silence s'abattit sur eux, oppressant, bourré de sous-entendus et de non-dits. Alex allongea le bras en travers de la table et couvrit sa main de la sienne. Il avait très envie qu'elle reste ici, ce soir.

Comme un écho de ses propres pensées, il entendit la voix mélodieuse de Lou :

— Dommage... Il faut que je parte, maintenant.

— Si nous sortions ensemble, un de ces soirs ? Nous pourrions aller au cinéma, ou au restaurant...

Il se mordit la lèvre et se donna un coup de pied sous la table. Bonté divine, il avait l'air d'un morveux qui tentait sa chance auprès d'une midinette ! Mais pour la première fois de la soirée, Lou le regarda bien en face et lui fit un sourire éblouissant.

— Bonne idée ! J'en serais ravie !

Il lui sourit à son tour, d'une oreille à l'autre, comme un idiot.

— Je vous laisserai un mot sur le miroir, d'accord ?

Décidément, il avait tout de l'adolescent donnant son premier rendez-vous !

Elle hocha la tête, dégagea doucement sa main, se leva et rassembla ses affaires. Puis elle s'approcha de lui, hésita un instant avant de se pencher pour lui effleurer les lèvres.

— A bientôt, yuppie.

Deux heures plus tard, Alex avait tout essayé : il avait allumé la télévision, zappé d'une chaîne à l'autre, écouté la radio, regardé les voitures passer sous sa fenêtre, nourri deux fois de suite les poissons, écrit à sa mère, rangé la cuisine et feuilleté toutes les revues empilées dans le salon. Rien n'y faisait : les lèvres de Lou étaient encore sur les siennes, la chaleur de sa petite main lui brûlait la paume. Pourquoi diable devait-elle travailler si tard ? Il avait l'habitude de passer du temps avec ses petites amies. Beaucoup de temps. Evidemment, Lou n'était pas précisément sa petite amie. Et pourtant, ironie du sort, il vivait avec elle ! Il alla vérifier le planning qu'elle fixait chaque semaine sur la porte du réfrigérateur pour ne pas oublier ses rendez-vous. Deux ! Elle avait deux « représentations » ce soir, et rentrerait donc tard dans la nuit. Eh bien, c'était le moment de suivre les conseils de Ned. Pour l'instant, ils n'avaient pas si mal marché. Il irait la chercher à sa deuxième soirée et ils s'arrêteraient au retour dans une petite pizzeria qu'il connaissait bien et qui ne fermait pas avant l'aube. Le sommeil, lorsqu'on a trente ans et qu'on est amoureux, quelle foutaise !

Il attendit encore un peu, et l'heure venue, saisit ses clés de voiture et descendit l'escalier en sifflotant. En sortant du parking, désert à cette heure, il remarqua un petit homme en imper trop long et tout chiffonné, qui se précipitait vers une Mercedes rouge bordeaux. Alex roula lentement dans l'allée, vira à gauche dans la grande avenue. La Mercedes fit de même. Au feu suivant, il jeta malgré lui un coup d'œil dans le rétroviseur : la grosse voiture était juste derrière lui et son conducteur à la mine patibulaire mâchouillait un cigare.

7.

Lou se recroquevilla sur elle-même, se fit toute petite, roulée en boule dans la pièce montée, en carton-pâte, qui était le « clou » du banquet de noces. Un vrai monument ! Il y faisait affreusement chaud. Et tout noir. Dur, dur, de gagner sa vie dans des conditions pareilles ! Heureusement, elle était très menue. Deux kilos de plus, et bonjour les dégâts ! Déjà, son costume de mariée, pourtant arachnéen, avait du mal à y entrer avec elle.

Dans l'immense salon de l'hôtel, loué pour la circonstance, des centaines de paires d'yeux fixaient l'imposante pâtisserie à plusieurs étages. Au premier rang, les jeunes mariés, les yeux écarquillés, la bouche entrouverte, laissèrent échapper un « Oh ! » émerveillé. Le couteau en l'air, ils en oubliaient de couper l'autre gâteau — le vrai, celui-là — qui était une réplique miniature du monument qu'ils venaient de découvrir derrière le rideau que le maître d'hôtel avait tiré d'un geste théâtral.

Derrière les fines parois, Lou entendait l'orchestre qui jouait en sourdine, les rires étouffés, les chuchotements admiratifs, le tintement des verres, les pas pressés des serveurs qui s'affairaient... la routine, quoi. Il lui sembla percevoir une voix familière. Un peu lointaine, comme si la personne venait d'entrer dans la pièce. Mais elle était incapable de mettre un nom sur cette voix. Elle colla un œil à une fente du carton et son cœur s'arrêta de battre.

Non ! Impossible ! Ce n'était pas lui ! Comment l'avait-on laissé entrer ? Comment savait-il qu'elle était ici ? Quelques gouttes de sueur froide lui glissèrent dans le cou. Elle n'avait plus chaud du tout. Le gros cigare, les mèches plaquées sur le crâne dégarni, le teint brouillé, le double menton au-dessus du col défraîchi la paniquaient. Lew ! Que diable faisait-il dans la salle ?

La musique s'amplifia. Dans une demi-minute, ce serait à elle. Lou ferma les yeux pour se concentrer, chassa l'homme-fouine de son esprit. Elle imagina les spectateurs ravis, les jeunes mariés émus devant ce gigantesque gâteau plus vrai que nature, trônant sur l'immense nappe blanche ornée de dentelle, éclairée par des chandeliers d'argent, décorée de bouquets de lis et de roses, dont elle allait surgir comme par magie. Elle avait lu qu'au Moyen Age, les bouffons et les jolies danseuses surgissaient des pâtés en croûte, dans les festins... Les traditions ont la vie dure, surtout lorsqu'il s'agit de s'amuser !

L'orchestre entama allègrement la Marche nuptiale. Puis il y eut un roulement de tambour, suivi d'un silence solennel. Lou ajusta son voile, remonta une bretelle, prit une profonde inspiration... Les cymbales claquèrent. Elle se redressa d'un seul coup et apparut, radieuse, triomphale, tout en haut de la pièce montée. Deux serveurs se précipitèrent pour apporter un petit marchepied. Les musiciens se lancèrent dans une joyeuse fanfare, couverte par un tonnerre d'applaudissements. Un sourire éblouissant aux lèvres, mais les yeux surveillant la foule comme deux radars, Lou descendit gracieusement, s'approcha du jeune marié et glissa son bras sous le sien, sous le regard ébahi de sa tendre épouse. Nouvelle salve d'applaudissements, de la part de tous les joyeux célibataires qui avaient commandité la surprise. Lou fit quelques pas glorieux, tout auréolée de la lumière des spots qui se réfétaient sur les mille paillettes de son costume. Puis elle rendit son cavalier — fort embarrassé et rougissant — à sa jeune femme, et leur présenta ses félicitations.

La foule les entourait, bruyante, chaleureuse. Profitant de ce raz de marée, elle tenta de se faufiler pour repérer Lew. Elle l'aperçut au bout de la salle, gardant fermement la sortie. Elle serra les poings. Il faudrait qu'elle en trouve une autre, et vite.

Elle regarda autour d'elle, atterrée. Le ballet incessant des serveurs, qui sortaient et entraient comme des abeilles bourdonnant dans une ruche, lui donna la solution : la porte-tambour, et le couloir derrière, qui menait dans la cuisine... et peut-être à une autre sortie ! Les hommes qui l'entouraient allaient, sans le savoir, lui faire un rempart de leurs corps. Une fois de plus, sa petite taille serait son meilleur atout. Elle se glissa le plus discrètement possible entre les costumes sombres et mit le cap droit sur la cuisine.

— Halte-là, ma belle !

Deux mains l'agrippèrent fermement aux épaules, à un mètre de la porte-tambour. Elle pivota, se retourna, des éclairs de rage dans les yeux.

— Comment osez-vous... Oh !

Ce n'était pas la fouine, mais le prince charmant. Alex Carson en personne !

— Alex, chuchota-t-elle, que faites-vous ici ?

L'air enchanté de Lou le récompensa de sa longue attente.

— J'ai adoré votre show ! Quand vous m'avez raconté que vous vous éjectiez des gâteaux de mariage, j'étais sûr que vous vous fichiez de moi... Vous feriez une délicieuse mariée, acheva-t-il, l'air rêveur.

— Merci. Mais vous n'avez pas répondu à ma question, Alex.

— Eh bien, j'avais faim et je ne voulais pas souper tout seul. Alors je suis venu vous chercher, voilà tout.

Voilà tout... C'était si simple, et si troublant !

— Mais si vous n'en avez pas envie..., commença Alex.

Le visage de Lou s'irradia.

— Hé, yuppie, pour une fois que vous avez une idée géniale, on ne va pas la laisser filer ! Attendez-moi ici, je vais me changer. J'en ai pour une minute !

Elle se dirigea vers le vestiaire. Mais une silhouette lourde, trapue, lui barra le passage, tandis que deux yeux noirs, mauvais, la figeaient sur place.

— Pas si vite, mademoiselle Bauer !

Lou recula d'un pas.

— Mais je vous ai écrit !

— Pas de lettre. Du fric. C'est notre marché, ne l'oubliez jamais !

Il avança encore.

— Mais je ne peux pas vous payer. Pas tout de suite, répondit Lou d'une voix faible.

Elle était prise en sandwich. D'un côté, Lew. Il commençait à la terroriser et elle ne voulait pas de scandale. De l'autre, Alex. Elle ne souhaitait pas qu'il entende cette sordide conversation.

— Vous avez dû vous faire une fortune, ce soir.

Lew tendit la main, menaçant.

— Allez, passez la monnaie.

Elle fixa avec dégoût les doigts boudinés, jaunis par le tabac, aux ongles endeuillés.

— Je n'ai pas encore reçu mon cachet, murmura-t-elle, le cœur battant à se rompre.

Qu'allait-il faire, maintenant ? La rouer de coups ?

Deux mains la saisirent à la taille pour la pousser de côté, et Alex s'interposa entre eux, sa haute silhouette dominant largement l'usurier.

— Vous avez un problème ?

Quelle voix ! Tonnante, résolue, pleine de défi. Lou lui jeta un regard admiratif.

— Je n'aime pas qu'on se moque de moi ! Votre petite amie ferait mieux de casquer !

— Attention, mon vieux : fichez-lui la paix, sinon vous aurez affaire à moi. Compris ? Et maintenant, dégagez !

Alex s'avança vers Lew, les poings serrés. Un éclair de panique traversa les yeux de la fouine, qui ne bougea pourtant pas d'un pouce.

— Votre amie a tort. Elle a intérêt à payer, ou ça pourrait tourner mal pour elle.

Voyant Alex avancer encore, il tourna les talons et se précipita vers la sortie.

Secouée par la scène, Lou observa les poings serrés d'Alex et posa une main apaisante sur son bras.

— Partons d'ici, Alex.

Il se tourna vers elle.

— Qu'est-ce que c'est que toute cette histoire ? Je crois que ça mérite une petite explication, non ?

— Partons d'abord. Je veux rentrer chez moi.

Oubliant son manteau, elle fila vers la grande porte, Alex sur les talons. En sortant du parking au volant de sa Coccinelle, elle aperçut les phares du coupé Volvo dans son rétroviseur. Il la suivit jusqu'à leur immeuble, et se gara près d'elle.

— Et maintenant, vous allez tout me dire, exigea-t-il, une fois dans l'appartement.

Mais Lou avait recouvré tout son aplomb. Elle se tint bien droite devant lui, comme un petit coq hérissant ses plumes, prêt à la bataille.

— Et si je ne veux pas ?

— Vous le ferez quand même ! Qui était ce type ?

— Quelqu'un à qui je dois de l'argent.

Alex était suffoqué.

— Alors, c'était vrai ! Mais pourquoi à lui ?

— Il m'a fait un prêt. Un gros prêt.

— Au nom du ciel, Lou ! Vous n'avez pas pu lui emprunter de l'argent ! Pas à un type pareil !

L'exaspération d'Alex était à son comble.

— Si, justement. J'en étais malade, mais je n'avais pas le choix. Pas le choix, vous comprenez ?

— Mais c'est un filou ! Vous ne l'avez pas vu ?

— J'ai de très bons yeux, merci. Mais grâce à ça, Joyce va devenir médecin, et j'en suis très heureuse !

— Vous ne pouviez pas trouver un autre moyen ?

— Non, yuppie ! cria Lou, au bord de la crise de nerfs. Je n'ai pas de plan épargne, d'actions en Bourse ni de compte en Suisse, moi !

Alex lui lança un regard furibond.

— Moi non plus, Lou, figurez-vous !

Il arpenta rageusement le salon, finit pas se laisser tomber sur le canapé, les mains dans ses poches, ses longues jambes étirées devant lui.

— Cessons de nous disputer et discutons de façon un peu plus constructive, d'accord ? Venez vous asseoir.

— Non. Il est 1 heure du matin, j'ai froid et je suis fatiguée. J'aimerais bien aller me coucher.

Elle lança ses ballerines vernies sur la moquette, traversa le salon et se blottit contre le radiateur.

— Combien avez-vous emprunté ? demanda Alex d'une voix très calme.

Elle hésita.

— Cinq mille dollars.

Alex ferma les yeux, sa mâchoire se crispa.

— A quelles conditions ?

— Trois cents dollars par semaine. Tous les mercredis.

— Pendant combien de temps ?

— Six mois, souffla-t-elle.

Il resta silencieux un moment, puis rouvrit les yeux.

— C'est un taux d'intérêt exorbitant. Je parie que vous ne l'avez même pas calculé ! grommela-t-il entre ses dents.

— Non, et je m'en fiche éperdument ! Tout ce que je sais, c'est que je me débrouillerai pour le rembourser. Et

101

ne me faites pas la leçon, s'il vous plaît ! Surtout vous, qui n'avez jamais tiré le diable par la queue !

Elle marcha vers sa chambre. Inutile de discuter avec quelqu'un comme Alex Carson. Il ne la comprendrait jamais !

— Attendez ! Il faut que nous trouvions une solution... ce type ne vous lâchera pas tant qu'il n'aura pas eu son argent !

Lou haussa les épaules et entra dans sa chambre.

— Je suis un as du système D ! Je peux très bien m'en tirer toute seule. Sans l'aide d'un... yuppie !

Elle claqua la porte et se jeta sur son lit en étouffant ses sanglots sous son oreiller. Qu'avait-elle fait sinon se fourrer dans un guêpier pas possible, elle, la championne de la débrouille ? Et Alex, la bouche en cœur, qui lui disait de trouver une autre solution... Il avait réagi exactement comme un yuppie, gentil, bien élevé, mais sans aucune compassion. Incapable de comprendre ses slaloms financiers et les problèmes dans lesquels elle se débattait depuis sa naissance. Dans le monde, il y avait deux catégories de gens : ceux qui avaient de l'argent, et ceux qui n'en avaient pas. Deux univers différents, entre lesquels il n'y avait aucune osmose. Alex faisait partie du premier, elle, du second. Point final.

Elle se réveilla à midi. Plus épuisée encore que la veille. L'appartement était désert, froid et silencieux. Alex était parti, sûrement pas en meilleur état. Tant mieux ! Cela lui apprendrait à se mêler de ses affaires !

Elle se savait injuste, et ça l'agaçait. La vue du chantier dans la salle de bains faillit la rendre hystérique. D'abord, elle embaumait l'after-shave à en suffoquer. Il avait dû casser son flacon... Ensuite, les patères — théoriquement destinées aux peignoirs de bain — comme le porte-serviettes étaient encombrés de sweat-shirts, shorts, bermudas, chaussettes, mouchoirs... Les vêtements mouillés envahissaient également la baignoire et la cabine de douche. La jolie salle de bains blanche et rose, d'habitude si pimpante, avait maintenant l'aspect d'un campement de beatniks, d'une caravane de gitans, avec toute sa lessive à l'air...

— Oh, Alex Carson ! Vous êtes vraiment un odieux personnage ! grommela Lou, furieuse de constater que pour se glisser sous la douche, il lui faudrait d'abord enlever tout un tas de chemises Lacoste, polos Ralph Lauren, joggings Cardin et autres « must » du sportif branché.

Sur le miroir, un petit papier bleu l'attendait :

« Lou, appelez-moi au bureau pour me donner votre emploi du temps. Surtout ne sortez pas seule. A.

P.S. : Séchoir en panne. Me charge de le faire réparer. »

Lou fulminait. Personne ne lui dirait ce qu'elle devait faire ! Encore moins un yuppie ! Elle était majeure et vaccinée, non ? Il était temps qu'il s'en aperçoive !

Elle saisit un sticker rose, écrivit :

« Alex : merci, mais je n'ai besoin de personne.

P.S. : La laverie est à deux pas d'ici. Ils ont d'excellents séchoirs. »

— Et maintenant, à nous deux !

Elle se baissa pour ramasser les vêtements. Se battre avec la garde-robe d'Alex n'était pas une mince affaire. Elle fit un gros ballot et alla le porter dans la chambre de son colocataire, étala le tout sur son lit. Interloquée, elle repéra un amour de petit caleçon à dessins cachemire verts et bleus, un autre à raies blanches et rose tendre, un troisième parsemé de... trèfles à quatre feuilles ! Pour un jeune homme aussi comme-il-faut, Alex possédait une collection de sous-vêtements... torrides !

Avant de repartir, elle jeta un coup d'œil curieux autour d'elle. C'était la première fois qu'elle pénétrait dans la pièce depuis l'emménagement d'Alex. Sapristi, quel chambardement ! La chambre, autrefois délicate et féminine, tapissée d'un papier à fleurs un peu désuet, avait désormais un look résolument masculin, avec ses rideaux à larges raies bordeaux et vert, sa moquette genre tweed, et ses étagères en teck massif. En quelques semaines à peine, il avait réussi à s'installer alors que depuis près d'un an elle bricolait sa propre chambre !

Sur la table de chevet, il avait disposé quelques trésors personnels, qui formaient un étrange bric-à-brac : une vieille petite auto rouge vif — attendrissant vestige de son enfance — un porte-clés en argent, une balle de golf presse-papiers, quelques pièces de monnaie étrangères et deux livres. Lou se pencha : c'étaient des recueils de poèmes. Elle se détourna et sortit précipitamment, avec la désagréable impression d'avoir violé un secret.

Elle s'habilla à toute allure, se trompa deux fois en boutonnant son chemisier, tiraillée entre les troubles pensées que lui inspirait Alex et les pensées troublées que lui causait son manque d'argent chronique.

Vite ! Elle allait être en retard. Elle claqua la porte.

— Hé, Lou ! Alors, on passe sans dire bonjour ? Mais dis donc... ce n'est pas la grande forme ? Tu as une mine de déterrée !

— Merci, Trudy. Tu as toujours le mot qu'il faut pour me remonter le moral !

— Attends un peu... tu sais que ton affreux usurier a fait le guet devant ta porte pendant une bonne heure, hier ? Il commence à m'inquiéter, celui-là.

— J'ai vraiment la poisse en ce moment, soupira Lou. Figure-toi qu'il m'a même suivie jusqu'à l'adresse où je travaillais hier. Je n'aurais pas pu m'en tirer sans Alex...

— Ah ! Parce qu'Alex y était aussi ?

— Euh... oui. Et j'ai fini par lui raconter toute l'histoire du prêt. Une belle gaffe ! Il me croit maintenant arriérée mentale. Pourtant, il va bien falloir que je rembourse ce requin aux dents longues...

104

Elle regarda Trudy, une faible lueur d'espoir tout au fond des yeux.

— Tu n'aurais pas une idée, par hasard ?

— Peut-être que si... Je connais bien le gérant de la station-service, de l'autre côté de la rue. Un jour, il m'a dit que si j'étais fauchée, je pourrais organiser une petite séance de lavage de voitures chez lui. Il paraît que c'est très rentable, surtout le samedi matin.

— Trudy ! Tu es géniale ! Et en plus, on pourrait prendre mon aspirateur pour nettoyer l'intérieur des véhicules ! Voyons, si l'on fait quinze voitures par heure, à cinq dollars l'une, et en divisant par deux, on gagnerait...

— Non, on ne divise pas. C'est pour Joyce. Et je peux même demander des volontaires à l'hôpital pour nous aider.

— Oh ! merci, Trudy. Tu es super ! Je te revaudrai ça...

Lou saisit le sac à dos dans lequel elle avait empilé ses costumes, envoya un baiser à son amie et dévala l'escalier comme une tornade, toute fatigue envolée.

Alex attendit toute la journée son coup de fil. Entre deux patients, il se précipitait vers la secrétaire, qui lui répondait automatiquement :

— Désolée, docteur Carson. Pas d'appel pour vous.

Il rentra chez lui anxieux et fatigué.

— Tu parles qu'elle peut se débrouiller toute seule, se lança-t-il dans le miroir, en arrachant le message de Lou.

Il enfila une veste, mémorisa d'un coup d'œil les « shows » de Lou et leurs adresses, descendit les marches quatre à quatre et s'engouffra dans sa voiture.

Il assista discrètement aux deux représentations, et vit que Lou était tendue. Ses grands yeux balayaient la pièce comme des phares. Oh, oui ! Elle avait besoin de lui, même si elle était bien trop têtue pour l'admettre ! Une tête de mule qui méritait le bonnet d'âne pour avoir commis la gaffe monumentale de s'acoquiner avec un escroc! Il allait lui servir de garde du corps, invisible, tapi dans l'ombre, mais prêt à zigouiller Lew s'il osait montrer le bout de son vilain nez.

La semaine s'étira, interminable. Entre ses folles nuits et son travail, il lui semblait qu'il se couchait pour se relever. Et Lou qui le croyait endormi depuis de longues heures lorsqu'elle rentrait, alors qu'il la précédait de quelques secondes à peine!

Samedi, enfin! Pour une fois, pas de sport, mais la grasse matinée! Il dormait comme un bienheureux lorsqu'un super-vrombissement lui fit faire un bond de carpe sous sa couette. Silence total. Il avait dû rêver. Il se remit en position fœtale, sa préférée, et se rendormit. Le vacarme reprit de plus belle. Il enfouit sa tête sous l'oreiller comme une autruche. Cette fois-ci, le tintamarre continuait, assourdissant pour des tympans aussi fatigués que les siens. L'aspirateur! Pourquoi ce matin, justement? Et à cette heure indécente? Furibond, il enfila un peignoir et ouvrit brusquement la porte.

— Lou? Qu'est-ce qui vous prend? marmonna-t-il en se frottant les yeux.

Lorsqu'il les rouvrit, ce qu'il aperçut acheva de le réveiller tout à fait. Le bas serré dans un jean noir, le haut moulé dans un pull rouge vif en laine très douce, les boucles voletant en désordre autour de son visage, elle offrait le plus adorable des spectacles. Le teint de pêche, les cheveux miel, les lèvres cerise, lui mirent l'eau à la bouche. Comment résister à un petit déjeuner aussi exquis? Un régal...

Malheureusement, le régal en question avait d'autres idées en tête. En particulier, passer l'aspirateur.

— Bonjour, Alex! J'espère que je ne vous ai pas réveillé?

— Hmm... quelle heure est-il?

— Presque 7 heures! Je pensais que vous aviez

déjà fait douze fois le tour de la Maison-Blanche en courant !

— C'est que... j'avais décidé de faire la grasse matinée.

— Oh ! désolée...

Lou n'avait pas du tout l'air désolé. Elle lui jeta un coup d'œil malicieux.

— Finalement, cet aspirateur n'est pas plus bruyant que votre mixer !

Et vlan ! Une petite pique pour lui rappeler qu'il la réveillait tous les samedis en préparant ses milkshakes diététiques !

Alex se passa la main dans les cheveux, qu'il ébouriffa un peu plus, réprima un bâillement.

— Lou, dit-il d'un ton las, pourquoi tenez-vous tellement à passer ce maudit aspirateur ?

— Pour savoir s'il marche.

— Et pourquoi ?

— Parce que j'en ai besoin pour les voitures.

— Les voitures ? Mais quelles...

Lou secoua la tête avec un brin d'impatience.

— Trudy et moi organisons un lavage de voitures à la station-service d'à côté.

Elle articulait chaque syllabe, détachait chaque mot, comme si elle expliquait à un enfant de trois ans comment lacer ses souliers.

— Et maintenant, il faut que je me dépêche. J'ai les pancartes à faire !

Alex la suivit dans la cuisine, et tomba en arrêt devant les cartons et les feutres de couleur étalés sur la table.

« Non, cette fois, je ne lui demande plus rien, plus rien du tout », se promit-il.

Il jeta un coup d'œil désespéré au percolateur.

— Vous n'avez pas fait le café ?

— Pas le temps, marmonna Lou avant d'avaler une cuillerée de céréales multicolores.

Comment ? Elle avait bien eu le temps de vérifier ce maudit aspirateur ! Le café du matin, c'était autrement plus important ! Il lui lança un regard noir. Elle était penchée sur des cartons, et s'appliquait à écrire en tirant un bout de langue, pointu et tout rose. Alex essaya de se concentrer sur le goutte-à-goutte au merveilleux arôme corsé... puis revint à Lou. Que diable pouvait-elle faire, avec ces feutres ?

— Lou... pourquoi allez-vous laver des voitures, ce matin ? demanda-t-il, incapable de contenir sa curiosité plus longtemps.

Et tant qu'il y était...

— Et ils vont servir à quoi, tous ces cartons ? ajouta-t-il.

— Me faire de l'argent. J'écris « Lavage de voitures » sur les pancartes.

Alex s'empara avidement d'une tasse, la but d'un trait, en prépara une autre, et s'approcha de Lou.

— Si j'étais vous, j'expliquerais au moins aux gens pourquoi je veux laver leur voiture.

— C'est ça ! Vous voulez que j'écrive quelque chose comme : « J'ai besoin d'argent pour rembourser mon requin d'usurier » ! Succès garanti !

— Passez-moi un carton et des feutres. Vous allez voir...

Il s'assit près d'elle. Lou s'efforça d'ignorer la fabuleuse sensation de chaleur et de bien-être qu'elle ressentait dès qu'il était à proximité. Elle regarda fixement le feutre dessiner des lettres, et soudain, l'évidence lui sauta aux yeux. Mais bien sûr ! Alex avait parfaitement raison. Quelle trouvaille !

— Bravo ! s'exclama-t-elle en lisant à haute voix sa première pancarte :

« Pensez à vos enfants ! Aidez-nous à payer les études d'un futur pédiatre. Laissez-nous laver votre voiture ! »

— Vite, il m'en faut une dizaine...

— Je parie que vous allez recevoir des dons, murmura-t-il.

Ils étaient trop près l'un de l'autre. Epaule contre épaule, la joue non rasée d'Alex contre sa peau veloutée, son souffle derrière son oreille... le courant qui passait entre eux était en surtension. Des milliers de volts sur la ligne... Il y avait risque de surchauffe. Lou se leva brusquement. Si elle restait contre lui une seconde de plus, il n'y aurait jamais de lavage de voitures.

— Je vais prendre du café, annonça-t-elle en rougissant stupidement.

— Vous voulez bien m'en passer une tasse ?

— Bien sûr.

Elle s'adossa prudemment à l'évier pendant qu'il terminait les pancartes. Alex n'était pas complètement borné, pour un yuppie. Il pouvait même avoir des traits de génie. Et se montrer très compréhensif.

Elle lui tendit une tasse, prit l'aspirateur dans une main et un seau rempli des chiffons et des pancartes dans l'autre, puis claironna un « Merci ! » enthousiaste, et fila rejoindre Trudy à la station-service.

— Excellent ! dit celle-ci en lisant les cartons. Et le temps est avec nous, regarde-moi ce ciel bleu ! On va faire un tabac !

Elle avait convaincu deux malheureux infirmiers — qui n'en demandaient pas tant — de les rejoindre dans cette aventure. Une heure plus tard, la file d'attente était spectaculaire. Les clients se montraient généreux, doublant souvent le prix. Quelques-uns triplèrent, d'autres donnèrent carrément cinquante dollars au lieu de cinq.

— Le pays a besoin de médecins, déclaraient-ils, enchantés de l'initiative.

Lou essuyait avec ardeur une grosse voiture grise lorsqu'elle sentit une main sur son épaule.

— Alors ? Tout baigne ?

— Alex ! C'est fantastique ! Vos pancartes font des miracles !

— Bonne chance à votre futur docteur, dit le conducteur de la berline en lui glissant un billet dans la main. Elle le remercia machinalement.

Alex regarda Lou en souriant. Sa main allait et venait sur son épaule, en un mouvement qui ressemblait étrangement à une caresse.

— Je vous invite à déjeuner pour fêter l'événement !

La jeune femme ne répondit pas. Les yeux exorbités, elle fixait le billet qu'elle tenait à la main.

— Cent dollars ! murmura-t-elle, incrédule. Il m'a donné cent dollars !

Elle le fourra dans sa poche, leva les yeux.

— Oh ! Alex, ce serait avec joie. Mais je ne peux pas partir maintenant. Ça marche tellement bien ! Une vraie mine d'or... Et dans deux heures, je dois faire le clown à l'hôpital.

La main d'Alex s'immobilisa. Il se pencha, effleura ses lèvres.

— Une autre fois, murmura-t-il à son oreille. Très bientôt.

Et il s'en alla, la laissant pétrifiée sur le trottoir, les jambes tremblantes, et souriant bêtement. Décidément, les événements prenaient une drôle de tournure !

— Dis donc, Lou, tu t'es raccommodée avec ton dentiste ? demanda Trudy, l'œil narquois.

Elle tendit à son amie un gobelet de Coca-Cola.

Lou émergea de son extase.

— Tu veux dire... Alex ?

— Parce que tu vis avec d'autres dentistes ?

— Tu sais bien que je ne vis pas avec lui, protesta faiblement Lou.

— Mon œil ! Tu as vu comment il te regarde ?

Lou avala une gorgée sans répondre.

— O.K., tu as vu, poursuivit Trudy, apparemment résolue à approfondir le sujet. Alors je suppose qu'il t'a déjà proposé de partager son lit, outre l'appartement ?

— Tu es folle ! Nous ne sommes même pas sortis ensemble !

110

— Ça viendra, fais-moi confiance. Plus vite que tu ne le penses. J'ai un flair infaillible!

— Trudy, tu rêves! Alex n'est qu'un ami...

— ... avec un look de « Latin lover », un sourire à vous couper le souffle et une carrure d'athlète. Merci, j'avais remarqué. Et qui partage ta cuisine, ta salle de bains et dort dans la chambre voisine.

Trudy écrasa son gobelet de carton entre ses doigts et le jeta à la poubelle.

— Et ne me raconte pas que l'idée d'aller voir si son lit n'est pas plus douillet que le tien ne t'a jamais traversé l'esprit! Tu n'es pas de marbre, Lou!

— Mais je t'assure que...

Trudy mit la main sur le bras de son amie.

— Hé, regarde cette voiture! Pour toi ou pour moi?

— Trudy, attends! C'est lui. C'est Lew!

— Ton requin des faubourgs?

Lou hocha la tête. Une vague de panique la submergea.

— Du courage, mon chou. Il faut que tu y ailles. De quoi as-tu peur? Tu as assez d'argent, non?

— J'y vais.

Elle releva le menton et marcha vers la voiture, le souffle court, le cœur battant, les mains moites. Elle frappa à la vitre, qui s'abaissa aussitôt et lança une liasse de billets sur les genoux du conducteur.

— Voilà trois cent-cinq dollars, le compte est bon, vous pouvez vérifier. Il y a même cinq dollars d'avance pour mercredi prochain!

— Tss... tss... pas du tout. Cent dollars d'amende pour chaque retard. Vous m'en devez encore quatre-vingt-quinze!

— Mais c'est énorme!

Le regard de l'homme se durcit.

— C'est comme ça, ma petite. Et dépêchez-vous de payer ce qui manque! Lew n'aime pas attendre!

Il démarra sur les chapeaux de roues.

— Encore quelques voitures et tu l'auras remboursé, Lou. Ne t'en fais pas.

— Oh! Trudy! Et la semaine prochaine? Et celle d'après?

— Il faut vivre au jour le jour. Un seul paiement à la fois, d'accord? Et qui sait? Tu peux gagner au Loto!

8.

L'enfant semblait noyée dans ce grand lit tout blanc.
Les deux tresses encadraient comme des points d'exclamation déplacés le minois trop fin, les joues creuses, le
teint diaphane. Alex avança dans la chambre sur la pointe
des pieds, retenant son souffle, craignant presque de la
voir disparaître s'il respirait trop fort.

— Susan ? Ça va ?

Le cœur serré, il balaya du regard les tubes, le monitoring, le flacon de perfusion, tous ces appareils qui la rattachaient à la vie. Les grands yeux noirs s'animèrent soudain. Mais où étaient les prunelles rieuses, délurées, de la
petite fille ? Il se trouvait face à un regard d'adulte, calme
et réfléchi, qui l'impressionnait.

— Bonjour, docteur Carson.

Dans la voix, il crut déceler la gouaille d'autrefois.
Autrefois ? Mais c'était il y a tout juste quinze jours !

— C'est gentil de venir me voir ! Je croyais que c'était
Clara qui revenait. C'est un clown, vous savez, et elle est
mon amie. Vous la connaissez ?

— Oui. Et elle est aussi mon amie.

Il était strictement incapable de mentir à un enfant.
Encore moins à la petite Susan dans son grand lit.

— Vous savez qu'elle joue au morpion avec moi tous
les samedis ? Vous avez déjà joué avec elle ?

— Non, je ne crois pas.

113

Il y avait beaucoup de jeux auxquels il avait envie de jouer avec Lou. Il était grand temps de commencer !

— Mais c'est toujours moi qui gagne, lui confia la petite fille. Je crois même qu'elle le fait exprès...

Alex rit doucement.

— C'est bien possible. Les clowns aiment faire gagner les enfants et ils savent perdre en riant ! Regarde ce que je t'ai apporté, Susan.

Il déposa un gros paquet enrubanné de rouge près de son bras libre.

— Oh, chouette ! Un jeu électronique ! Et c'est la Guerre des étoiles, en plus ! Merci, docteur Carson !

Elle abaissa une manette et le gros cadran rouge fut sillonné de flashes de toutes les couleurs.

— On peut y jouer tout seul ou à deux. Vous voulez bien faire une partie ?

— Oui... mais une toute petite.

Alex avait lu la fatigue intense sur le petit visage, même si Susan faisait tout pour la lui cacher. Après la partie, il lui plaqua deux gros baisers sur les joues et s'en alla. Derrière la porte vitrée, il vit Susan s'affaisser sur son oreiller et fermer les yeux. Elle s'était assoupie.

Il se dirigea vers la réception, dans le secret espoir qu'on lui dirait où se trouvait Lou. Une infirmière le bouscula.

— Oh, pardon ! Grands dieux, mais c'est Alex Carson ! Que faites-vous ici ? demanda Trudy, les bras pleins de paquets d'ouate.

— Je suis passé voir une de vos malades. La petite Susan Halvorsen.

— Ah, oui. Celle du deuxième étage. Lou m'en a parlé.

— Lou est encore à l'hôpital ?

— Je ne sais pas, mais j'ai vu un clown disparaître derrière cette porte il n'y a pas trois minutes. Attention de ne pas la louper ! On ne sait jamais dans quel déguisement elle va réapparaître ! Vous sortez ensemble, ce soir ? demanda-t-elle, les yeux brillant de curiosité.

— J'aimerais bien, mais elle n'a jamais le temps !

— Ne vous découragez pas, Alex. Mon petit doigt me dit que l'idée d'une soirée avec vous ne lui déplairait pas.

Avec un grand sourire, elle s'éclipsa. Cinq minutes plus tard, Alex arpentait toujours le hall, les sourcils froncés. Si Lou avait envie de sortir avec lui, pourquoi ne pouvait-elle pas se libérer ? Si elle continuait à ce rythme pendant les six mois que lui prendrait le remboursement de ce satané emprunt, il n'avait aucune chance de la voir plus de cinq minutes d'affilée. Et de toute façon, il n'avait pas l'intention d'attendre six mois. Il jeta un coup d'œil impatient vers la porte et réprima un petit cri de surprise. Puis son cœur se mit à battre à tout rompre, comme un tam-tam déchaîné.

Quelle étrange et provocante apparition ! Lou avançait tranquillement dans le hall, vêtue d'un costume exotique qui soulignait délicieusement son anatomie. Une petite brassière de soie vert pâle laissait à découvert ses épaules et son ventre. Un pantalon de mousseline du même ton orné d'un empiècement pailleté, bouffant et resserré aux chevilles, dévoilait plus qu'il ne cachait le galbe de ses jambes. Autour de sa taille nue se balançaient deux chaînes d'or, qui tintaient au moindre de ses déhanchements. Pour pimenter le tout, un petit voile de mousseline vert d'eau lui dissimulait le bas du visage. On n'apercevait plus que le regard bleu-gris, velouté par le khôl, mystérieux et follement excitant.

— Lou, chuchota Alex.

Il avait du mal à parler.

Il connaissait déjà l'intrépide et parfois volcanique Lou Bauer, l'espiègle et farfelue Clara, mais pas cette ravissante jeune femme prête à faire la danse du ventre...

— Alex ! Je ne m'attendais pas à vous voir ici.

Elle leva les yeux vers lui et l'envoûta aussitôt.

— Je voulais dire un petit bonjour à Susan, dit-il d'une voix qu'il ne se reconnaissait pas.

— Elle a dû être contente ! Pardonnez-moi, mais il faut que je file.

Pourtant, elle ne bougea pas. Lui non plus. Ils restèrent au beau milieu du hall, à se contempler en souriant. Lou fut la première à se ressaisir. Elle tenta d'enfiler son manteau. Alex voulut l'aider, mais ils étaient tous deux incroyablement gauches, frémissant, tressaillant au moindre frôlement. A peine habillée, elle se sentit nue comme un ver sous le regard sombre, étincelant, d'Alex.

Un infirmier arriva en poussant un gros chariot devant lui. Lou recula pour le laisser passer et se plaqua contre Alex qui, lui, ne recula pas. Au contraire. Ils restèrent ainsi pressés l'un contre l'autre, le souffle brûlant, saccadé, le sourire extatique. Le cas typique de stupeur amoureuse.

Cette fois, ce fut Alex qui bougea.

— Vous rentrez tard, ce soir ? demanda-t-il en la déchargeant de son sac à dos.

Elle remonta frileusement le col de son manteau. Elle avait si froid, en se détachant de lui !

— J'ai trois réceptions, murmura-t-elle à contrecœur.

Qu'elle aurait aimé envoyer balader !

— Demain aussi, ajouta-t-elle avec regret.

— Vous ne soufflez jamais ?

Ils marchaient vers le parking. Alex glissa un bras prudent autour de sa taille. Avec Lou, il fallait se méfier... mais il n'y eut ni rebuffade, ni résistance.

— Je n'ai pas le choix. Il me faut trois cents dollars pour mercredi.

— Et si on faisait un marché ? Je paie le loyer pour nous deux et vous sortez avec moi vendredi soir. Qu'en dites-vous ?

Ils arrivaient en vue de la Coccinelle rose. Alex resserra légèrement son étreinte.

116

— Merci pour le loyer. Mais j'ai un emploi du temps dément, vendredi.

— Samedi, alors?

— C'est pire.

— Le vendredi suivant?

— J'aime votre constance, yuppie! Au moins, vous vous accrochez!

Il ouvrit la porte, bascula le siège pour poser le gros sac sur la banquette arrière. Puis il s'écarta pour la laisser passer.

— Vous n'avez pas envie de sortir avec moi, Lou?

Elle hésita une fraction de seconde. Au lieu de se glisser au volant, elle se tourna vers lui et le regarda bien en face. Au-dessus du voile, il lut dans ses grands yeux tout le désir du monde.

— Vous ne savez pas à quel point j'en ai envie. Disons vendredi en huit. Je me débrouillerai pour avoir la soirée libre.

Encouragé par sa franchise, il s'approcha, le corps tendu à l'extrême par l'envie qu'il avait d'elle... Il voulait la toucher.

— Pourquoi attendre jusque-là? lui demanda-t-il à voix basse.

Il glissa prestement la main sous le manteau entrouvert et la sentit frémir sous sa paume.

— C'est si loin...

— Je sais... mais ce n'est pas possible avant, soupira-t-elle.

Il détacha le voile aérien et vit sa bouche, petite, bombée, humide, comme un bouton de rose prêt à éclore sous la chaleur de ses lèvres. Il se pencha pour en goûter la texture, souple, soyeuse, vivante. Lou poussa un gémissement et se plaqua instinctivement contre lui.

Un break bleu vif vint se garer tout près d'eux. Alex se déplaça de façon à boucher la vue du conducteur.

— Lou..., dis-leur que tu es malade. Que tu n'iras pas ce soir.

Sa paume remonta sur la taille fine, sous la brassière, enveloppa un sein ferme et gonflé.

— Non... je ne peux pas... prendre le risque de perdre... mon boulot.

Elle articulait difficilement, troublée par cette caresse qui la faisait se cambrer et se tendre presque malgré elle. Les doigts experts se firent encore plus précis, taquinèrent délicatement la pointe dressée. Une flambée de chaleur envahit Lou. Des lèvres, Alex butina son épaule, sa nuque. Du bout de la langue, il dessina le lobe de son oreille.

— N'y va pas, l'implora-t-il.

Il la prit aux hanches et la plaqua encore davantage contre lui. Lou sentit toute la puissance de son désir. Comme elle aurait aimé y répondre !

Il entendit son soupir, comprit sa lutte intérieure. Il aurait pu faire pencher la balance en sa faveur. Un baiser et il gagnait. Il hésita. Et si elle le regrettait, plus tard ? Si elle perdait son job et qu'elle le lui reprochait ? Il l'aimait déjà trop pour prendre le moindre risque. Les yeux clos, il la serra longuement, respirant avec délices le parfum de ses cheveux. Puis il se fit violence et la relâcha en tremblant.

— Non, Alex, non. Ne m'embrasse pas.

Elle se glissa vivement dans la voiture.

— A ce soir, Lou. Je t'attendrai.

L'attente lui paraissait déjà interminable.

— Je vais rentrer tard.

— Ça m'est égal. Je t'attendrai.

Il claqua la porte, tourna les talons et marcha vers sa Volvo.

Lou fonctionna en pilotage automatique le reste de la journée, ses pensées rivées sur Alex, le cœur battant à l'unisson. Que voulait dire cette obsession ? Et d'abord, pourquoi Trudy avait-elle deviné les événements avant elle ? Pure coïncidence, sûrement. Dire que ce beau yuppie lui avait mis la tête à l'envers était au-dessous de la vérité. L'air égaré, les réflexes engourdis, elle flottait sur un petit nuage rose. C'est dans cet état très spécial qu'elle tourna enfin la clé dans la serrure, bien après minuit.

L'entrée était éclairée. Le salon aussi. Elle y jeta un rapide coup d'œil. Personne. Silence total, mis à part le poum-poum régulier de la pompe de l'aquarium. Où était passé le yuppie de ses rêves ? Dans sa chambre, le lit était encore fait. La cuisine était rangée et... vide. Pas d'Alex. Pourtant, il avait promis de l'attendre ! Affreusement dépitée, elle revint dans le salon... et tomba en arrêt devant le plus attendrissant des spectacles : Alex, écroulé sur le canapé à fleurettes, un livre ouvert sur la poitrine, un demi-sourire angélique aux lèvres, dormait à poings fermés. La fatigue l'avait emporté. Elle s'agenouilla près de lui, leva une main pour lui caresser la joue, rugueuse de la barbe naissante. Sa main retomba. Non, elle ne le réveillerait pas, même si elle en mourait d'envie. Dieu sait qu'il était craquant, avec cet air innocent, ses boucles folles, sa bouche entrouverte et ses cils d'une longueur indécente pour un homme, étalés comme deux petits éventails noirs sur ses joues bronzées !

Elle secoua doucement la tête, consternée par sa découverte : Alex l'attirait trop. Comment Lou Bauer, qui galérait comme une forcenée depuis l'âge soi-disant tendre, pouvait-elle tomber amoureuse d'un yuppie sans peur et sans reproche, entourée de bonnes fées depuis le berceau, doté d'une Volvo sport, d'un arsenal de produits diététiques et dentiste de surcroît ? Ils n'étaient pas de la même planète. Lou se releva lentement, sans faire de bruit, et alla se coucher. Seule.

*
**

Alex cligna des yeux. Zut ! Il avait oublié de tirer les rideaux ! Dommage... le soleil l'avait réveillé au beau milieu d'un rêve prodigieusement agréable, sensuel à souhait : il était enroulé autour d'une blonde aux yeux clairs soulignés de khôl, qui le couvrait de tendres baisers tandis que la petite main, légère comme une plume, le caressait en faisant naître mille frissons délicieux... Un rayon lui taquina les paupières. Fin du feuilleton ! Il soupira, s'étira, bâilla longuement, chercha son réveil à tâtons... Rien. Sa main s'égarait dans le vide. Il s'assit brusquement. Où était-il ? Le gros poisson qui le fixait lui souffla la réponse, en même temps qu'une série de bulles. Dans le salon ! Alex rassembla péniblement ses esprits, tout courbatu par la nuit passée sur le canapé. De deux choses l'une : soit Lou n'était pas rentrée, soit il l'avait manquée.

Lorsqu'il entrebâilla la porte avec mille précautions, elle ne bougea pas. Roulée en boule sous sa couette rose, les boucles emmêlées formant une flaque d'or pâle sur l'oreiller, elle avait l'air d'une petite fille. Impression vite démentie par le T-shirt trop grand, largement échancré, qui laissait entrevoir la naissance d'une gorge ronde, ferme, veloutée, se soulevant régulièrement. Il tendit instinctivement la main. La tentation était si forte ! Lou remua légèrement et le T-shirt glissa un peu plus. Alex chancela, les yeux rivés sur ce décolleté ravageur. Il allait craquer. Se glisser auprès d'elle, bien au chaud sous la couette, la tenir contre lui, la bercer, la caresser, enfouir son visage dans la tiédeur de sa peau...

Non ! Il ne l'aurait pas par surprise. D'ailleurs, Lou était parfaitement capable de lui flanquer une claque, ou de lui envoyer un coup de pied bien placé, et ouste ! Hors du lit ! Il était prêt à annuler tous ses rendez-vous, à faire faux bond à l'entrepreneur pour les travaux de son loft, poser un lapin à Ned, pour passer quelques moments divins dans les bras de Lou. Mais il ne prendrait pas le risque d'un refus. D'un « Non ! » catégorique qu'elle lui assénerait de sa petite voix flûtée comme un coup de massue sur le crâne. On peut manger seul, se promener seul, travailler seul. Mais on ne peut pas aimer tout seul.

Il se retira sur la pointe des pieds, un léger sourire aux lèvres. Lou assurait bien moins couchée que debout. Elle semblait perdue dans ce grand lit, avec son air de chérubin innocent. Mais ses rêves ? Etaient-ils aussi innocents ?

Il fit son courrier dans la salle de bains, comme d'habitude. Ici, la coiffeuse, les stickers et le miroir remplaçaient bureau, papier à en-tête et boîte aux lettres... Son message terminé et dûment collé à la hauteur de la brosse à dents de sa destinataire, il prit sa douche. Froide.

Elle lut le message vers midi :

« Où veux-tu que je t'emmène vendredi prochain ? A. P.S. Tu aurais pu me réveiller ! »

Elle sourit, griffonna sur un papier rose :

« A toi de choisir. Mais pas de pièce montée ni de ballons !

P.S. Voir page cent soixante-trois du manuel du Savoir-vivre yuppie : "Ne réveillez jamais un yuppie qui dort". »

La réponse l'attendait le lendemain matin sur le miroir :

« Ai réservé une table dans mon restaurant préféré. On y mange français et on y danse branché. »

Lou sourit largement. Pour un yuppie, Alex n'était pas trop mal. Il pouvait même se montrer drôle. Gentil. Attentionné. Et vraiment séduisant. Elle était excitée comme une puce à l'idée de faire la fête ! Elle avait presque oublié que l'on pouvait sortir, dîner, danser... Mais comment allait-elle s'habiller ? Elle n'avait rien à se mettre, à part ses jeans et des déguisements. Le restaurant avait beau être branché, elle ne pouvait quand même pas y aller en clown ! Et elle était trop fauchée pour s'acheter une robe. Fauchée ? Une robe ? Ça lui rappelait quelque chose...

Quelques instants plus tard, elle sonnait chez Trudy.

— Salut ! Tu as cinq minutes ?

— Lou ! Mais bien sûr. Entre, voyons.

Trudy la scruta avec attention.

— Oh, oh ! Toi, tu as un problème...

— Non, non... je voulais juste savoir comment tu allais.

Lou suivit son amie dans la cuisine — la copie conforme de la sienne, mais en vert — et s'assit sur un tabouret — le frère jumeau du sien, mais en jaune.

Trudy lui jeta un regard soupçonneux.

— C'est quoi, cette fois ? Argent ? Boulot ?

— Rien du tout, je t'assure.

Trudy posa deux bols sur la table et les remplit de café.

— Mmm... Mmm... Si je comprends bien, tu as une pêche d'enfer, tout baigne, et tu es juste passée pour bavarder. Dis donc, Lou, tu me prends pour une idiote ?

La jeune femme se gratta la gorge et fixa obstinément son bol jaune paille.

— Bon, eh bien... tu as raison. Enfin, un peu. Il y a effectivement une petite chose que je voulais te demander...

Trudy réprima un sourire triomphal, alluma une cigarette, et attendit.

— Tu te souviens de... de cette robe que tu as achetée à la solderie ?

Horriblement gênée, Lou ne quittait pas son bol des yeux, comme s'il risquait de disparaître à tout moment. Quémander, quelle barbe ! Et admettre qu'elle s'était trompée, c'était encore pire !

Trudy ouvrit de grands yeux innocents.

— La robe ? Quelle robe ?

Visiblement, la situation l'amusait.

— La rouge.

— Ah ! Tu veux dire la taille trente-six de soie naturelle ?

Cette fois, Lou sentit la moutarde lui monter au nez. Trudy le faisait exprès !

— Tu sais parfaitement de laquelle il s'agit !

Son amie lui sourit placidement.

— D'accord, d'accord. Eh bien, que veux-tu savoir exactement à propos de cette ravissante création d'un grand couturier qui allait comme un gant à une jeune femme de ma connaissance, beaucoup trop snob pour acheter un vêtement d'occasion ?

— Snob ? Moi ?

Lou s'étranglait d'indignation.

— Mais oui, ma chère. On peut être snob et sans le sou, comme on peut être riche et sympa !

Elle filtra pensivement son amie à travers ses paupières, lâcha un rond de fumée.

— Mais revenons à nos moutons. Qu'est-ce que tu lui veux, à cette robe ?

— La mettre. Alex m'a invitée.

Lou s'arrêta brusquement. Elle venait de remarquer la petite lueur narquoise dans les prunelles mordorées de Trudy.

— Oh ! Tu me fais encore marcher !

Trudy rit de bon cœur.

— Avoue que tu le mérites ! La robe en question sort du pressing et t'attend sagement dans ma chambre, triple idiote !

Lou poussa un grand soupir de soulagement.

Trudy écrasa méticuleusement son mégot dans un petit cendrier argenté.

— Si je comprends bien, nous entamons un nouvel épisode du feuilleton « Alex et Lou » : ils sortent ensemble et ne peuvent plus se passer l'un de l'autre...

— Franchement, tu exagères. La dernière fois que j'ai vu Alex, c'était samedi, à l'hôpital. Comme toi.

— Mais tu vis avec lui ! Et tu sais bien qu'Alex est amoureux de toi. C'est clair comme de l'eau de roche !

— M-mais...

Trudy poursuivit, imperturbable :

— Et toi ? J'ai l'impression que tu ressens quelque chose pour lui. Je me trompe ?

Lou regarda fixement ses ongles. Pourquoi diable ce nouveau vernis nacré la faisait-il rougir ?

— Depuis quand es-tu la psychologue de service ?

— Depuis que je suis infirmière ! Bon, soupira-t-elle en voyant que Lou ne répondrait pas à sa question, allons chercher cette fameuse robe !

Le pressing avait bien travaillé. La robe était comme neuve. Un numéro époustouflant.

— Je t'avais bien dit qu'elle t'irait comme un gant ! Tu es magnifique, dedans. Une classe folle ! Je ne regrette pas de l'avoir embarquée malgré tes cris !

Lou se sourit dans le miroir, rassurée. Non, personne ne pourrait soupçonner que cette robe venait des « Puces » de son quartier !

Mercredi. Le compte à rebours avait commencé. Plus que deux jours... Lou se dirigea en bâillant vers la salle de bains. Elle loucha sur le papier bleu, au-dessus du lavabo.

« Lou — Suis bloqué par un congrès et des rendez-vous jusqu'au soir. Ringo meurt de faim. Peux-tu déposer un paquet de graines au cabinet en allant travailler ? Merci. A. »

Il lui fallut deux bonnes minutes pour comprendre le message. Et trois secondes pour piquer une colère. Non ! Il ne pouvait pas lui demander une chose pareille ! Faire tout un détour pour nourrir le truc en plumes de sa mère, c'était un comble ! Il y avait de l'abus dans l'air. Perdre son précieux temps libre à faire les courses d'un canari hurleur et coiffé à la Beatles, c'était vraiment contre nature. D'ailleurs, quel genre de graines ? Chères, sûrement. Du caviar pour oiseaux yuppies, à en juger par la somme laissée par Alex près du lavabo.

Trois heures plus tard, elle déboulait dans l'immeuble moderne, luxueux, où Alex exerçait. Un gros paquet sous le bras, elle fulminait encore, pestant à la fois contre les embouteillages, la famille Carson, le volatile qu'il fallait nourrir à tout prix et l'accroc qu'elle venait de faire à son costume.

Elle pressa la sonnette d'un coup sec.

— Lou ! Entre, je t'en prie. Qu'est-ce qui t'amène ici ?

Alex s'effaça pour la laisser passer.

— Comment, ce qui m'amène ? Mais ces satanées graines, pardi !

Elle lui flanqua le paquet dans les bras et l'examina des pieds à la tête.

— Tu as vraiment l'air d'un dentiste, dans cette blouse blanche.

— Ça n'a rien d'anormal. J'en suis un.

— Oui, mais d'habitude, ça ne se voit pas.

Elle jeta un coup d'œil dans la salle d'attente.

— Où sont tes patients ? Tu les as fait fuir avec ta roulette ? Il n'y a pas un chat ! Tu aurais pu les acheter toi-même, tes graines de malheur !

Alex ouvrit tranquillement le paquet, nullement troublé par l'agressivité de Lou. Cela faisait partie du personnage, une sorte de protection contre les aléas de la vie... et peut-être contre l'attirance qu'elle ressentait pour lui ? Car il ne lui était pas indifférent, il en était sûr depuis leur baiser, dans le parking de l'hôpital.

— Le congrès s'est terminé plus tard que prévu. Ned a pris en charge mes patients. Il doit travailler plus vite que moi. Il les a expédiés en deux heures et il est parti jouer au tennis.

Il versa un peu de graines dans la mangeoire de Ringo.

— J'ai bien essayé de t'appeler, mais tu étais déjà partie.

Il posa le paquet et lui fit face. Ses paupières ourlées de khôl annonçaient la couleur : sous son grand manteau

boutonné jusqu'au col, elle ne portait que la petite brassière de soie et le pantalon de mousseline transparente qui
l'avaient tellement émoustillé, le samedi précédent. Alex
s'approcha d'elle, lui mit les mains sur les épaules.

— Merci pour Ringo. Et maintenant, suis-moi ! Je vais
te faire visiter les lieux.

— C'est gentil, mais je n'y tiens pas.

Elle s'écarta légèrement. Alex avait le don de lui faire
tourner la tête dès qu'il la touchait. Et elle voulait garder
les idées claires.

— Je déteste les cabinets de dentiste, murmura-t-elle.

Ses grands yeux étaient ceux d'une biche aux abois.
Elle fit mine de s'en aller.

— Attends !

Il n'avait pas du tout envie qu'elle parte. Pas si vite.

— A quand remonte ta dernière visite chez un dentiste ?

Lou haussa les épaules.

— Je n'en sais rien. Il faut que je file...

Alex lui saisit le poignet au moment où elle allait
ouvrir la porte.

— Ton premier show commence à quelle heure ?

— 5 heures. Mais j'ai des milliers de choses à faire
et...

— ... tu as rendez-vous chez le dentiste, acheva Alex.

— Ah, non ! Sûrement pas !

Il lui glissa une main autour du cou, sous la soie tiède
et vivante de ses cheveux.

— Ne me dis pas que tu as peur !

— Moi ? Jamais de la vie ! Je suis pressée, c'est tout.

Son petit rire sonnait faux. La paume d'Alex lui mas-
sait doucement la nuque.

— Je ne vais pas te faire mal, tu sais. Mais une consultation gratuite, ça ne se refuse pas.

« Gratuite ». Il avait touché son point faible. Et ses
doigts faisaient naître de délicieux frissons... elle se sen-

126

tait bien, mille fois mieux qu'en arrivant. Pourquoi s'enfuir ?

Alex la dévisagea attentivement. Elle hésitait. Un bon point pour lui. Vite, il fallait battre le fer tant qu'il était chaud...

— Viens. Je vais te montrer où je travaille.

Elle n'eut pas le temps de protester. Déjà, il lui avait pris la main et l'entraînait dans le couloir, vers une porte bleu pâle. Elle s'arrêta pile sur le seuil lorsqu'il l'ouvrit, stupéfaite et enthousiaste comme une enfant un matin de Noël. Tout juste si elle parvint à refermer sa bouche devant le spectacle féerique qui lui écarquillait les yeux. La salle était ronde et entièrement tendue de tissu bleu nuit. Au plafond scintillaient des myriades d'étoiles entourant un croissant de lune argenté. Des dizaines, des centaines de mobiles minuscules, suspendus par des fils transparents, qui bougeaient doucement au moindre souffle... c'était magique !

— Alex... qu'est-ce que c'est ?

— Tout ce qu'on veut. A toi d'inventer ! C'est ce que je dis aux gamins lorsqu'ils entrent pour se faire soigner. Ils sont tellement occupés à imaginer des astronefs, des vaisseaux spatiaux et des robots qu'ils ne font même plus attention à moi ! C'est la meilleure des anesthésies.

Lou avança dans la salle, un sourire extasié aux lèvres. Ses grands yeux réflétaient le doux scintillement des étoiles.

— Donne-moi ton manteau, murmura Alex.

Elle ne songea pas à protester lorsqu'il le lui retira. Hypnotisée par ce décor fantastique, elle s'étendit dans le fauteuil inclinable, extrêmement confortable, sans même s'en apercevoir...

9.

Alex alluma le spot, dirigea le faisceau de lumière sur le visage de Lou de façon à l'éclairer sans l'éblouir, la regarda intensément... et oublia ses savantes manœuvres pour se glisser tout contre elle dans le fauteuil du patient.

— Lou, chuchota-t-il.

Elle le dévisagea paisiblement. Il tenta de se concentrer sur ce regard qui le faisait chavirer, mais ses prunelles dérivaient insensiblement vers le petit haut de soie verte, sexy et provocant, qui laissait deviner la plus aguichante des poitrines.

— Lou, répéta-t-il d'une voix rauque, je crois que le dentiste s'est absenté pour la soirée.

Elle comprit tout de suite ce qu'il voulait dire. Les yeux sombres, le visage tendu exprimaient un désir intense, irrépressible. Elle se déplaça légèrement sur la gauche.

— Assieds-toi. Ce fauteuil est bien assez grand pour deux, s'entendit-elle répondre d'un ton léger.

Elle ne se reconnaissait pas. Comment ? C'était bien elle, Lou Bauer, qui l'invitait aussi délibérément ?

— Tu sais, dit-il en se coulant contre elle, ce déguisement me plaît beaucoup.

— Je n'aime pas le tien. Enlève-le.

Elle déboutonna le premier bouton.

— Si le dentiste est parti, sa patiente aussi, souffla-t-elle en défaisant le second.

128

La blouse tomba sur le sol. Elle le regarda en souriant. Ses prunelles bleutées lui promettaient monts et merveilles, lorsqu'il se pencha. Comment pouvait-on avoir des lèvres pareilles, si tentantes, si excitantes... Il en dessina amoureusement le contour, de la pointe de la langue. Puis il les prit dans un élan passionné. Elle ferma les yeux et se laissa faire avec ravissement. Que c'était bon d'être désirée à ce point, par un homme qui, décidément, lui plaisait de plus en plus ! Il n'y avait plus que les étoiles au plafond et le fervent baiser d'Alex, et puis son corps fougueux qui enflammait le sien...

Les mains puissantes se firent aériennes pour la caresser en un langoureux va-et-vient, les doigts souples et experts se faufilèrent sous la soie, lui taquinant voluptueusement les seins, tandis que sa langue domptait la sienne, explorait sa bouche, toujours plus avide, plus exigeante.

Il reprit son souffle, haletant. Leurs cœurs battaient follement.

— Cela fait des semaines que tu me rends fou, Shéhérazade. Je pense à toi, je rêve de toi. Nuit et jour, chuchota-t-il, la bouche à deux doigts de l'oreille finement ourlée — un petit coquillage nacré.

Elle ouvrit des yeux qui lui firent entrevoir mille et une nuits.

Il s'assit et enleva prestement cravate et chemise. Dès qu'il fut allongé, elle se blottit contre son torse athlétique, pressa sa joue contre la légère toison brune qui le couvrait. Alex laissa courir ses mains sur le petit ventre blanc, la rondeur de la hanche, la cambrure des reins.

Lou tressaillit.

— Alex, c'est ridicule... nous habitons le même appartement. Pourquoi choisir un fauteuil de dentiste ?

C'était un sursaut de défense, une dernière barrière. Il s'immobilisa.

— Tu veux rentrer ? Maintenant ?

Elle ne répondit pas. Très doucement, les mains d'Alex reprirent leurs caresses circulaires. Lou poussa un petit gémissement de plaisir. Il avait sa réponse : elle avait rendu les armes.

Alex s'enhardit, dégrafa lentement le petit bustier, couvrant de baisers la peau frémissante.

— C'est le costume le plus excitant que j'aie jamais vu. J'ai eu envie de te l'enlever au premier coup d'œil.

— C'était dans le hall de l'hôpital, je m'en souviens.

— Tout juste. Oh! Lou, si tu savais comme je te désire !

Elle leva vers lui un regard embrumé de passion. Et elle, donc !

Il défit la dernière agrafe, la brassière s'ouvrit sur deux globes blancs et lisses, fermes et chauds. Couchée, immobile, la tête renversée, le buste gonflé, tendu vers lui, dévorée par le feu ardent qui lui coulait dans les veines, embrasait ses sens, Lou s'offrit à lui, sans retenue, dans un abandon total.

Alex comprit qu'elle n'opposerait plus d'obstacle, n'érigerait plus de barrière entre eux. Elle était sienne. Il laissa libre cours à son désir.

De baiser en baiser, de caresse en caresse, leurs corps se cherchaient, se découvraient, s'adoptaient. Dociles, prodigues, ils s'unirent et chavirèrent ensemble, dans un délire de soupirs et de gémissements, de gestes tendres et fous. Puis, enivrés d'amour, ils se laissèrent envahir par la vague déferlante du plaisir qui montait en eux comme un raz de marée, et les jetait sur des plages inconnues, ruisselants, étonnés, extasiés...

Lorsque Lou, apaisée et merveilleusement lasse, rouvrit enfin les yeux, elle eut l'impression d'être tombée directement des étoiles dans les bras d'Alex. La nuque calée sur son sein, il semblait prodigieusement heureux.

— Grands dieux, Lou ! Pourquoi avons-nous attendu si longtemps ?

— Je n'en sais rien. Je ne comprends pas très bien ce qui nous arrive...

— Il est peut-être temps qu'on en parle.

Elle se raidit.

— Je ne crois pas. C'est... c'était comme un rêve, et nous sommes en train de nous réveiller.

Il fronça les sourcils. Que voulait-elle dire, exactement ? Il la regarda d'un air anxieux.

— Tu regrettes ?

— Non, non, pas du tout. Mais nous sommes tellement différents, Alex ! Ce serait de la folie de trop nous engager...

Il sourit.

— Mais nous le sommes, et jusqu'au cou !

Il enfouit le visage dans ses boucles dorées, darda le bout de la langue dans le coquillage de son oreille.

— Arrête ! Comment veux-tu que l'on discute sérieusement ?

— Je ne savais pas que l'on discutait, chérie.

Il lui mordilla délicatement le lobe.

— Oh, Alex ! Je n'aurais jamais dû te dire que j'aimais ça !

Elle tenta de le repousser, les deux mains sur son torse.

— Je ne veux pas m'imposer dans une aventure avec toi.

— Mais...

— Non, yuppie ! Nous venons de deux planètes opposées et nos chemins n'auraient jamais dû se croiser ! Tu as faussé le jeu en voulant à tout prix squatter mon appartement.

Alex leva la tête et la scruta pensivement.

— Tu as raison. Nous avons besoin de discuter un peu.

— Pas maintenant, déclara Lou en changeant brusquement d'avis. Je n'ai que cinq minutes pour me préparer avant d'aller travailler.

131

Elle paniquait. Il ne fallait pas qu'elle tombe amoureuse. Pas d'Alex, en tout cas. Son univers se trouvait à des années-lumière du sien.

— Tu peux bien être en retard, pour une fois.

Il voulut l'embrasser, mais elle détourna la tête pour éviter ses lèvres.

— Non, justement. Je ne peux pas.

Elle se rhabillait avec des gestes gracieux, précis.

— Pas plus que je ne peux retarder mes remboursements hebdomadaires. Voilà une de nos différences majeures, Alex. Mais tu ne peux pas comprendre !

Il rassembla ses vêtements.

— Je sais que tu me prends pour un gentil minet plein aux as, mais ne me sous-estime pas trop quand même, ma belle, murmura Alex. Je comprends bien plus de choses que tu ne l'imagines !

Lou acheva de s'habiller en silence, puis se tourna vers lui, le regard las.

— J'aimerais le croire, Alex. J'aimerais vraiment le croire.

Alex... Alex... Alex... elle ne pensait plus qu'à lui. Il l'obsédait, la hantait, la fascinait. Elle devait lui échapper, pourtant, elle le savait. Mais voilà... comment s'en tenir à la froide logique lorsqu'il s'agissait d'Alex Carson ? Encore une fois, Trudy avait raison. Ils entamaient un nouvel épisode de leur feuilleton. Un épisode qui promettait d'être mouvementé...

La froide logique la déserta tout à fait lorsqu'elle alla se brosser les dents. Une rose rouge l'attendait devant le miroir, accompagnée d'un petit mot galant :

« Lou chérie, je pense à toi et à notre soirée. Rendez-vous à 8 heures. A. »

Il savait dire beaucoup en peu de mots. Et l'émouvoir, par-dessus le marché. Allons, pourquoi s'inquiéter ? Ils auraient une petite aventure plaisante, puis il partirait dans son loft mener sa vie de yuppie.

Le seul problème, c'était que Lou croyait au grand amour dur comme fer, et détestait les aventures sans lendemain.

Alex creusait allégrement la dent de son patient. Pour un peu, il aurait sifflé. Ce soir, il sortait avec Lou.

— Docteur Carson, vous avez un coup de fil urgent, annonça la secrétaire par la porte entrebâillée. Votre mère, je crois...

Il s'excusa auprès de son patient. La bouche grande ouverte, un morceau de coton coincé entre les dents et un tuyau sous la langue, le malheureux ne put que répondre en clignant des yeux. Alex avait déjà attrapé le combiné.

— Maman ? Tu vas bien ? demanda-t-il d'une voix anxieuse.

La ligne était mauvaise. Malgré le parasitage, il réussit à comprendre qu'elle se trouvait sur la Côte d'Azur, qu'il y faisait très beau, qu'elle était en pleine forme, et qu'elle rentrait lundi. Elle lui demandait simplement de bien vouloir aller chez elle pour mettre le chauffage en route et y déposer Ringo par la même occasion.

Alex venait tout juste de libérer son dernier patient lorsque Ned passa le voir.

— Rien de grave, pour ta mère ? demanda-t-il gentiment.

— Tout va bien. Elle rentre dans deux jours.

— Alors... elle reprend son monstre à plumes ?

— Exact. Nous en serons enfin débarrassés ! Je le ramène ce soir. Et la prochaine fois, ma mère trouvera un autre baby-sitter. Lou et moi, nous n'en voulons plus !

L'œil de Ned s'alluma.

— Tu as bien dit : « Lou et moi » ? Ta vie privée vire au beau fixe, à ce que je vois !

— Disons que le soleil montre le bout de son nez.

— En tout cas, ton sourire en dit long. Je me demande bien ce qu'elle peut te trouver ! dit Ned en riant.

— C'est mon charme naturel qui agit... même si elle m'appelle encore « yuppie », rétorqua Alex en enlevant ses gants et sa blouse.

— Tiens donc ! De mon temps, c'était « chéri »... Pourquoi diable t'appelle-t-elle comme ça ?

— A cause de mon argent.

— Tu veux dire qu'elle est vénale ?

— Non, non, c'est tout le contraire... elle est furieuse parce que j'en ai. Lou est... d'un genre très spécial.

— Et tu l'as dans la peau, ça se voit.

Ned mit la main sur l'épaule d'Alex.

— Une femme, c'est déjà un problème. Mais une femme spéciale... Je n'ai plus qu'à te souhaiter bonne chance, fiston !

En arrivant devant son immeuble, la cage de Ringo à la main, Alex pensait encore à la réflexion de Ned. Oui, Lou était unique dans son genre. Mais cela ne lui créait pas de problème particulier. Son côté fantasque, hors normes, l'amusait beaucoup. Même si la façon dont elle se débrouillait financièrement l'amusait moins. Il n'aimait pas non plus les horribles céréales multicolores et trois fois trop sucrées dont elle se gavait et il déplorait carrément son refus de pratiquer le moindre sport. Mais elle avait la taille fine, des rondeurs où il fallait, et ce n'était pas lui qui s'en plaindrait ! Il sourit, tout seul dans l'obscurité. Peut-être que Ned avait raison. Peut-être qu'il en était fou. Cette idée l'enchanta.

— Alex ?

Il entendit Lou l'appeler de sa chambre. Il déposa prestement la cage dans le salon avant de la rejoindre. Pieds nus, elle se regardait d'un œil critique dans la glace.

— Wow ! s'exclama-t-il sur le seuil de la porte.

Il émit un long sifflement admiratif. C'était la première fois qu'il la voyait sur son trente et un et il était ravi de sortir avec cette jeune femme chic et branchée.

— Tourne un peu, pour voir...

Elle se plia de bonne grâce à sa demande, et pivota très lentement sur ses talons. Puis elle fit un deuxième tour, en virevoltant, cette fois, qu'elle acheva par une charmante révérence.

— C'est l'une des plus jolies robes que j'aie vues. Et le mannequin est époustouflant ! s'exclama Alex, le regard brillant. Il n'y a qu'un défaut : ta fermeture Eclair est ouverte derrière !

En deux enjambées il fut près d'elle. Il lui posa un baiser sur la nuque, et remonta doucement la fermeture.

— Tu vois qu'on a toujours besoin d'un yuppie chez soi !

Il s'arrêta net de plaisanter : il venait d'apercevoir le nom du couturier sur l'étiquette cousue au dos de la robe. Un couturier dans le vent et très, très, cher.

— Lou, murmura-t-il, c'est une robe neuve ?

Zut ! Exactement la question qu'elle ne voulait pas entendre !

— C'est la première fois que je la porte, répondit-elle prudemment.

Il fronça les sourcils. Quelle tête en l'air ! Lou n'avait vraiment aucun sens de l'argent. Elle ramait pour rembourser un usurier aux dents longues mais elle dépensait une somme folle pour une robe !

— Tu as gagné au Loto ?

— Pas encore...

Elle alla enfiler des escarpins noirs et le regarda d'un œil espiègle.

— Imagine un peu que je gagne le gros lot. Je n'aurais plus de problèmes !

Alex ne put s'empêcher de sourire. Il y avait chez Lou un côté midinette qui le dépassait.

— Les gens feraient mieux de garder leur argent au lieu de le dépenser pour des bêtises pareilles !

— Oh, Alex ! Tu manques de fantaisie !

— J'ai d'autres fantaisies à l'esprit, ma douce, lui dit-il tendrement en la prenant dans ses bras. Elle s'y blottit aussitôt.

— Mais dans ce cas, pas de restaurant, murmura-t-il, la bouche sur son cou tiède.

Elle s'écarta en riant.

— Pas question ! Tu as cinq minutes pour te changer !

Il la rejoignit dans le salon. Elle était assise dans son petit fauteuil abricot, les bras croisés, les sourcils froncés, la moue dégoûtée.

— Alex ! Pourquoi as-tu ramené cette bête ici ?

— Ringo ? Oh, mais c'est juste pour la nuit !

— Je te préviens : s'il reste plus longtemps, je lui rends sa liberté. J'ouvre la fenêtre, et hop ! Terminé !

Elle finit sa phrase en criant pour couvrir les trilles de Ringo. C'était incroyable ce que cet oiseau l'agaçait. D'habitude, les animaux ne la dérangeaient pas, mais celui-ci la rendait folle.

— Tu n'as qu'à m'accompagner jusqu'à la maison de ma mère, si tu n'as pas confiance, proposa Alex, ravi d'avoir trouvé ce stratagème pour passer une partie du week-end avec elle. J'y vais demain matin. C'est presque la campagne, à une douzaine de kilomètres d'ici, et la route est ravissante.

— Ta mère ? Elle y sera ?

Alex perçut une pointe d'inquiétude dans la voix de Lou.

— Non, pas encore. Elle n'arrive que lundi. Pourquoi ?

— Oh, pour rien. D'accord, je t'accompagne !

Elle enfila le manteau qu'il lui tendait en essayant d'ignorer l'angoisse soudaine qui lui nouait l'estomac.

136

Elle ne tenait pas à connaître la mère d'Alex, pas plus que le passé d'Alex... Mais alors, que faisait-elle à son bras ?

Toutes ces pensées assommantes disparurent comme par magie en entrant dans le restaurant. Joli cadre, ambiance gaie et raffinée, cuisine nouvelle et serveurs pléthoriques, le dîner fut parfait. Alex était galant et plein d'esprit, disposé à discuter de tout ce qui passait par la jolie tête de Lou, des relations Est-Ouest aux derniers films en vogue, en passant par les pays qu'ils aimeraient visiter. Lou dégusta avec gourmandise son île flottante, puis sirota le reste de son vin rouge dans une sorte de tiède béatitude. Il y avait quelque chose chez Alex — peut-être la qualité de son écoute — qui lui donnait l'envie d'expliquer en profondeur la façon dont elle voyait les choses de la vie. Elle lutta contre ce soudain désir de se laisser aller. Il ne devait soupçonner sous aucun prétexte qu'elle cachait un petit cœur trop tendre sous ses airs affranchis.

Alex l'entraîna sur la piste et lui fit danser un rock endiablé. Là, elle se crut au septième ciel.

— Qui t'a appris à danser comme ça ? demanda-t-elle, encore haletante, lorsqu'il l'enlaça pour un slow langoureux.

— Oh ! c'est une idée de ma mère ! Quand j'étais adolescent, elle m'obligeait à suivre des cours de danse. Chaque mère recevait à son tour, nous buvions des jus de fruits, on nous montrait les pas et nous dansions pendant deux heures sous l'œil d'un professeur. Interdiction de flirter ! Finalement, je ne regrette pas d'avoir appris...

— Des cours de danse, murmura Lou, incrédule.

Pour elle, danser était aussi naturel que respirer. C'était juste une autre façon de bouger.

— Pas toi ?

A cette question, la marée de souvenirs la submergea d'un coup. Non ! Comment aurait-elle pu prendre des cours de danse alors qu'elle n'avait même pas une robe à se mettre ? Qu'elle mangeait, avec sa sœur et sa mère, des cornflakes en guise de dîner ? Et que la plus petite, Nancy, allait d'hôpital en hôpital sans jamais aller mieux, faute d'argent pour payer des spécialistes ? Jusqu'à ce soir, elle ignorait tout de l'existence de ces fameux cours de danse pour fils de famille riches !

— Non, Alex, dit-elle d'une voix très calme. Je n'en ai jamais pris.

— Tu as eu de la chance !

L'orchestre fit une pause. Ils revinrent à leur table.

— Tu veux du café ? Un cognac ?

— Non, merci. Je crois qu'il est l'heure de rentrer.

Quelques minutes plus tard, ils étaient sur la route.

— Tu es bien silencieuse, mon cœur. A quoi penses-tu ?

Le feu était rouge. Il lui prit la main, la porta à ses lèvres.

— A la vie. Elle est si déroutante, parfois...

Il ne broncha pas. De toute façon, Lou n'avait pas l'intention de lui déballer son cœur. Pourquoi gâcher une aussi merveilleuse soirée ?

Lou se tut tout le long du chemin. Elle pensait aux paroles de sa mère : « Ne te laisse pas démonter, Lou ! Ce qui compte, c'est la personne. Pas le rang ni la fortune. J'en connais qui échangeraient tout ce qu'ils possèdent pour avoir ton intelligence ou ta beauté ! » Pourtant, elle n'avait jamais pu se débarrasser de ce maudit complexe d'infériorité qui la rendait si agressive, comme un chaton affamé...

Alex la surveillait du coin de l'œil, aussi attentif aux émotions qui se succédaient sur son joli visage qu'à la route devant lui. Il gara la voiture devant leur immeuble, coupa le contact, se tourna vers elle.

— Et moi, Lou ? J'espère que je ne suis pas trop déroutant...

Il lui prit les deux mains et les serra tendrement dans les siennes.

— J'ai passé un excellent moment grâce à toi. A quand notre prochaine soirée ensemble?

— Alex, j'ai si peu de temps libre!

Ils sortirent dans la nuit. Le ciel se remplissait d'étoiles. Alex lui enlaça la taille.

— Nous trouverons bien un moyen, chérie.

Dès qu'ils furent chez eux, il la prit dans ses bras.

— Cette robe est bien trop jolie pour être chiffonnée, Lou. Il vaut mieux que je te l'enlève...

— Mais...

Il lui imposa le silence en lui prenant la bouche. Lentement, millimètre par millimètre, il fit glisser le zip. Fascinée par l'éclat sombre de ses yeux, la sensualité féline de ses gestes, la chaleur de ses paumes, elle n'opposa aucune résistance. Tout au fond d'elle-même, elle savait qu'elle était amoureuse, profondément amoureuse d'Alex Carson. Et cela n'allait pas simplifier sa vie, loin de là!

« Oh, tant pis, songea-t-elle, frémissant sous l'ardeur de ses baisers, cette nuit est à nous. Et demain, il fera jour! »

— Mon lit ou le tien? lui chuchota-t-il à l'oreille.

— Le tien. Il est plus près...

Il rit doucement et l'entraîna vers sa chambre. Il jeta veste et cravate sur le dos d'une chaise, la souleva et la déposa au creux de son lit. Puis il ôta vivement le reste de ses vêtements. Bouleversée par la puissance du désir qu'elle sentait monter en elle, Lou contempla amoureusement sa haute silhouette se découper dans la pénombre, et lui tendit les bras.

Il la déshabilla sans se presser, avec des gestes d'une délicatesse infinie, qui l'effleuraient à peine. Il savourait des yeux tout ce qu'il découvrait, y prenait un plaisir irrésistible. Lou tressaillait à chaque frôlement, haletait, gémissait, tandis que de la pointe de la langue, Alex suivait la ligne de ses épaules dénudées, le sillon entre ses seins, son ventre...

— Cette lingerie est beaucoup plus sexy sur toi que dans le séchoir, murmura-t-il en lui retirant la dernière barrière, un petit truc minuscule en dentelle et satin.

Avec une nonchalance feinte, il promena sa bouche tout le long de son corps, s'attarda sur la pointe ferme des seins, posa la joue sur le ventre de soie, merveille de douceur, de tiédeur... Elle ferma les yeux et gémit doucement. Des vagues de chaleur de plus en plus intenses se succédaient en elle, l'envahissaient, la submergeaient.

— Alex, balbutia-t-elle, oh, Alex ! Viens...

— Attends encore, chérie... Rien ne presse.

Les yeux pleins d'amour, il continua à la caresser savamment, et la regarda frémir et trembler sous lui. Incapable de réprimer plus longtemps le désir inouï qui le brûlait, il entra enfin en elle, tout doucement, pour l'amener au paroxysme. Jusqu'à ce que leurs corps explosent et s'éparpillent en un tourbillon d'étincelles, jusqu'à ce qu'ils découvrent ensemble, bouleversés, le plaisir formidable, le bonheur incroyable qui les attendait.

10.

Un trille perçant déchira le silence, puis un autre, et encore un autre. Perché sur sa balançoire, Ringo chantait à tue-tête le retour du soleil.

— Ooooh...

Lou étendit un bras paresseux et ramena l'oreiller au-dessus de sa tête. Elle se sentait si lasse, ce matin ! Merveilleusement lasse, apaisée, sereine. Elle ouvrit un œil, regarda autour d'elle, puis s'assit brutalement. Elle n'était pas dans son lit ! Les brumes du sommeil se dissipèrent peu à peu dans son esprit, et elle rougit en se remémorant leur nuit.

— Diable, quel réveille-matin ! Excuse-moi, chérie, j'ai oublié de couvrir la cage.

Alex l'observait tranquillement à travers ses paupières.

— Bonjour, Alex.

Il s'assit à son tour et l'embrassa doucement dans le cou.

Au son de sa voix — qu'il percevait probablement comme un encouragement — Ringo chanta un peu plus fort.

Elle appuya la tête sur l'épaule d'Alex, encore alanguie après leurs folles étreintes.

— Tu te rends compte que sans ce casse-pied, nous aurions pu rester plus longtemps au lit ? murmura-t-elle.

Il la serra contre lui.

— Oublions-le, suggéra-t-il, un petit sourire sensuel aux lèvres.

Mais Lou secoua la tête en se bouchant les oreilles de ses deux mains.

— Impossible ! J'ai les tympans fragiles. Rendons-le à ta mère !

— Alors, en route vers McLean !

— McLean ?

— C'est le nom du quartier où elle habite, tout à fait à l'ouest de la ville. La route est très jolie et c'est presque la campagne, là-bas.

Une demi-heure plus tard, ils déposaient la cage, soigneusement enveloppée d'un drap, sur la banquette arrière de la Volvo.

Le temps était superbe : un ciel bleu transparent, un soleil qui nimbait d'or chaque contour du paysage, quelques fleurs qui montraient timidement le bout de leurs pétales... De part et d'autre des larges avenues de la banlieue résidentielle la plus chic de Washington, d'imposantes maisons aux façades anciennes, de style colonial, se dissimulaient derrière des bouquets d'arbres centenaires. Les édifices avaient un air altier, presque dédaigneux, comme s'ils avaient pour mission de protéger leurs propriétaires et d'éloigner tout intrus au regard curieux — ou envieux. Lou écarquillait les yeux devant cet étalage de luxe. Qui pouvait bien habiter des maisons pareilles ?

Elle sursauta lorsque Alex s'arrêta pile devant une résidence aux proportions impressionnantes. Certainement la plus immense de toutes, décida Lou. Avec son perron orné de colonnades de marbre blanc, ses deux étages aux larges fenêtres, et les ailes qui la flanquaient de chaque côté, cela ressemblait plutôt à un manoir. De gros massifs d'azalées soigneusement entretenus l'entouraient de dizaines de nuances différentes, dans un éblouissant chatoiement qui éclaboussait les façades de teintes pourprées.

142

— Nous y voilà! annonça Alex avec le plus grand naturel.

— C'est... c'est la maison de ta mère?

Lou n'en croyait pas ses yeux. Alex acquiesça d'un hochement de tête.

— Et elle y vit toute seule?

— Depuis la mort de mon père, il y a cinq ans. De temps en temps, elle dit qu'elle va la vendre, mais je n'en crois pas un mot! Elle y est très attachée.

Ils sortirent de la voiture.

— Tu comprends, maman connaît tout le monde ici, et son club de golf est tout à côté. Pourquoi irait-elle s'installer ailleurs?

Alex se pencha pour récupérer la cage de Ringo.

— Tu as grandi dans cet environnement? demanda Lou d'une voix faible.

Elle balaya du regard l'ensemble grandiose, rehaussé par des arbres magnifiques et une pelouse vaste comme un champ de courses. Ainsi, les contes de fées existaient bel et bien pour certains enfants!

Alex tourna la clé et la fit entrer. Lou Bauer ne se laissait pas facilement impressionner. Mais les trois salles de réception avec leurs hauts plafonds, leurs lambris d'acajou sculpté et leur dallage de marbre blanc et noir recouvert çà et là de tapis précieux, lui inspirèrent un respect instinctif. Gigantesque, la cheminée du salon avait les dimensions de la caravane dans laquelle elle avait vécu toute son enfance, avec sa mère et ses deux sœurs. De sa vie, elle n'avait jamais pénétré dans un endroit aussi ancien, aussi noble, aussi imposant.

Incapable d'agir ou de parler, elle regarda Alex déposer la cage sur une console, verser des graines et de l'eau dans les mangeoires. Dès qu'il retira le drap, Ringo se mit à chanter joyeusement et du même coup, Lou se ressaisit.

Elle déambula à travers la pièce, irrésistiblement attirée par le grand piano noir, brillant. Pas un grain de poussière sur le couvercle qu'elle souleva avec précaution. Depuis toujours, elle rêvait d'apprendre à jouer. Elle caressa les touches.

— Tu aimes la musique ?

Elle retira vivement sa main.

— Oh, oui ! Mais je n'y connais rien. Et toi ?

— Les six ans de cours particuliers dispensés par Mlle Moustachue — c'est le surnom que j'avais donné à la vieille fille revêche qui me servait de professeur — ont bien failli m'en dégoûter !

Il s'approcha d'elle, lui prit la main et lui fit jouer quelques notes. La mélodie, simple et nostalgique, d'une comptine ancienne, s'éleva dans la pièce.

— C'est à peu près tout ce que j'ai pu retenir ! Tu en sais autant que moi, maintenant !

Il lui sourit, referma le piano et la guida vers la salle à manger.

Sur la grande table ovale, deux énormes chandeliers d'argent massif encadraient une délicate composition florale.

— Des fleurs fraîches ? Mais je croyais que ta mère était partie ?

— Elle revient demain. C'est notre femme de ménage qui les a mises là pour lui souhaiter la bienvenue. Elle est très efficace et pleine d'attentions pour maman.

La femme de ménage. Le visage de Lou se ferma instantanément. C'était ainsi qu'on appelait sa mère.

Alex enlaça les épaules de Lou dans un geste plein de tendresse. Elle semblait si lointaine, tout à coup !

— Et maintenant, je vais te montrer ma chambre !

Arrivés au premier étage, ils suivirent un long couloir recouvert d'une épaisse moquette vert pâle, aux murs ornés de gravures représentant des scènes de chasse. Il poussa une porte de chêne massif et patiné. La moitié de l'appartement de Lou aurait tenu à l'aise dans cette chambre d'adolescent, encore bourrée de trophées spor-

tifs, de livres et d'encyclopédies, de photos d'animaux...
Sur des étagères, Lou aperçut une collection de petites
voitures, des gants et un casque de base-ball, et un vieil
aquarium vide... Elle se sentait de plus en plus mal à
l'aise devant tout cet espace perdu, tous ces objets inutiles mais précieusement entretenus. « On dirait un musée
que personne ne visite jamais », songea-t-elle. Quel
gâchis incompréhensible !

— Maman garde cette pièce intacte pour son premier
petit-fils, dit Alex en riant. Elle me le rappelle de temps
en temps, lorsqu'elle désespère de me voir casé un jour...
Qu'y a-t-il, Lou ? Tu as l'air bizarre...

— Cette maison est si grande... et elle contient tellement de choses !

— Elle est spacieuse, en effet. Mais tes parents
devaient avoir aussi une grande maison, avec trois filles à
élever !

Lou baissa les yeux sans répondre. Elle n'aurait jamais
dû venir. Alex n'avait aucune idée de l'enfance qu'elle
avait eue. Il n'avait rien connu de semblable... ni même
d'approchant. Depuis le début, elle se doutait qu'ils
avaient des origines différentes... mais pas à ce point ! Sa
mère lui disait souvent : « N'aie pas honte d'être pauvre,
Lou. A l'intérieur, les gens sont tous pareils... » Eh bien,
c'était faux. Alex et elle n'avaient rien en commun, exté-
rieurement ou intérieurement. Il était un pur-sang avec
pedigree, dont la naissance et l'éducation avaient été soigneusement programmées. Elle était un cheval sauvage,
née par hasard, élevée à la « va-comme-je-te-pousse »...

— Lou ? Tu es dans la lune ? Que se passe-t-il, chérie ?

— Oh, rien. Un coup de pompe.

D'un doigt léger, Alex lui caressa la joue.

— Tu veux rentrer ?

— Oui, je crois qu'il est temps. Je travaille, cet après-
midi.

— Moi aussi.

— Mais je croyais que les dentistes ne prenaient jamais de patients le samedi ?

— Ça dépend du dentiste ! Ned et moi, nous recevons une clientèle un peu spéciale, ce jour-là.

« Des P.-D.G., sûrement. Des gens importants, qui n'ont pas le temps de venir en semaine. Tout à fait le genre d'Alex », décida Lou.

— Nous reviendrons quand ma mère sera là. Vous devriez vous entendre, toutes les deux. Je suis sûre qu'elle t'aimera...

— Après la façon dont nous nous sommes rencontrées ? J'en doute !

— Oh, elle a de l'humour. Elle en rira avec toi ! On voit que tu ne la connais pas... Nous pourrions passer tout un week-end et aller faire une promenade à cheval dans les bois. Il y a un club hippique près d'ici.

Lou se raidit. Elle ne savait pas monter, mais c'était le moindre de ses soucis. Les plans d'Alex la préoccupaient bien davantage. Pourquoi faisait-il tous ces projets pour eux deux ? Comment pouvait-il envisager une seule seconde un avenir avec elle ? Il ne comprenait rien ? Il faudrait donc qu'elle lui ouvre les yeux ! Ils descendirent lentement l'escalier, la main dans la main. Alex continuait à rêver tout haut :

— Un jour, nous aurons une maison à nous. Je connais justement un coin ravissant, à une dizaine de kilomètres...

— Non, Alex ! Non !

Elle lui lâcha brusquement la main, dévala l'escalier et s'enfuit dans le jardin. Il la rattrapa derrière la maison. Elle s'était adossée au tronc d'un chêne et tentait de reprendre sa respiration.

— Mais enfin, Lou, qu'est-ce que tu as ?

Il avait l'air si confus, si désarmé... Elle se maudit intérieurement pour le mal qu'elle allait lui faire.

Elle le regarda bien en face et explosa enfin :

— Il n'y aura jamais rien de sérieux entre nous, yuppie ! Tout ce que j'ai, je l'ai gagné à la force du poignet. Mais même en travaillant comme une forcenée toute ma vie, je ne serai jamais à ton niveau !

Alex fronça les sourcils.

— Que veux-tu dire ?

— Que sais-tu de moi, au juste ? Pas grand-chose. Tu ne t'es jamais demandé pourquoi je ne parle ni de ma famille ni de mon enfance ?

— Pas vraiment. Je pensais que nous avions eu tous les deux une enfance assez banale.

Lou éclata d'un rire crispé, amer.

— Banale ! Tout dépend de ce que tu entends par ce mot ! Figure-toi que, pendant que tu prenais des leçons de piano et de danse, dans ta grande maison entre ta mère et ta femme de ménage, moi j'habitais dans une caravane, à la limite d'un bidonville ! Je n'ai jamais eu de chambre à moi, yuppie ! Ce que je partageais avec mes sœurs, c'était un lit. Tu entends ? Un lit pour trois !

— C'est donc ça...

Alex plongea les mains dans ses poches et fixa les graviers blancs de l'allée.

— Attends, je n'ai pas fini ! Ma mère faisait des ménages. Elle aurait pu travailler pour la tienne. Elle était pauvre et s'est toujours sentie coupable de ne pas pouvoir faire soigner Nancy correctement. Lorsque ma petite sœur est morte, elle s'est laissée mourir à son tour.

Alex releva lentement la tête et chercha les yeux de Lou.

— Et c'est pour cela que Joyce a décidé de devenir médecin et que tu l'aides de toutes tes forces.

— Bravo, yuppie, tu as tout compris ! Et maintenant, ramène-moi à la maison. J'ai juste le temps de rentrer pour me changer.

Ils s'engouffrèrent dans la voiture en silence. Lou s'absorba dans ses pensées, Alex essaya de démêler les siennes. Il aimait Lou telle qu'elle était. Son passé, sa famille ne comptaient pas. Mais jamais il n'arriverait à l'en persuader !

— Lou, commença-t-il, pourquoi me reproches-tu tellement mon environnement et ma fortune ? Tu as été à l'université, ton appartement est agréable, tu aimes les jolies choses, comme cette robe rouge que tu as portée hier. Elle venait d'un couturier dans le vent, non ?

Il l'observa en douce. Le nez collé à la vitre, elle regardait défiler le paysage. Mais au moins, elle écoutait. Il enchaîna :

— L'argent n'est pas une tare, chérie. Tout dépend de ce qu'on fait avec. Et d'ailleurs, si tu gagnes au Loto demain, tu seras plus riche que moi ! Cela changera-t-il quoi que ce soit entre nous ?

Lou se retourna d'un coup.

— C'est une question stupide !

— Tu peux quand même y répondre, affirma Alex, imperturbable.

— Ça changera tout, évidemment !

— Même tes sentiments envers moi ?

Elle regarda droit devant elle, de nouveau muette.

— Réponds, Lou.

— Comment veux-tu que je le sache ? Je n'ai jamais été riche ! Tiens, arrête-toi ici un instant. C'est le moment d'acheter un billet.

Alex soupira. Il était tombé amoureux de la reine des têtes de mule ! Il la suivit dans le petit drugstore.

— Je suppose que tu n'as jamais joué au Loto de ta vie ?

— Non.

— C'est bien ce que je pensais. Tu n'en as pas besoin !

Nullement démonté par son agressivité, il prit son portefeuille et lui fit un clin d'œil.

— Eh bien, aux innocents les mains pleines ! Tu vas me porter chance ! Montre-moi comment on joue.

— C'est simple comme bonjour. Tu choisis des numéros et tu les coches d'une croix. Voilà une grille. Tiens, amuse-toi !

Lou se força à rire. Voir Alex jouer au Loto ne l'amusait guère. Pour lui, c'était un simple jeu. Pour elle, c'était l'espoir qui lui permettait de tenir quand les jours étaient trop sombres, le rêve, la lumière au bout du tunnel... Elle le regarda jouer et son malaise s'accrut. Une idée idiote lui traversa l'esprit. Et s'il gagnait ? Toutes les bonnes fées du monde n'étaient-elles pas ses marraines ? Après tout, l'argent attire l'argent et on ne prête qu'aux riches, c'est bien connu !

Voyons, c'était ridicule. Elle avait bien plus de chances de gagner qu'Alex, puisqu'elle jouait chaque semaine depuis des années. Alors ce n'était pas parce que le Dr Alex Carson cochait quelques petits numéros avec son stylo plaqué or qu'il allait la doubler et gagner le gros lot, sapristi !

— Quels chiffres as-tu choisis ? demanda-t-elle, dévorée de curiosité.

— Ah, ah ! La combinaison gagnante, bien entendu. Mon numéro porte-bonheur !

— C'est quoi ? La date de ton anniversaire ? Le numéro de téléphone de ta mère ?

Il lui releva le menton d'un doigt et la dévisagea en souriant.

— La date de mon installation chez toi, mon cœur.

— Alors là, tu n'as aucune chance, yuppie !

Lou avait payé assez cher pour le savoir : elle avait coché ce numéro cinq semaines d'affilée...

Alex ferma la porte de son cabinet, enfourcha son vélo de course et fila vers son futur foyer. L'entrepreneur venait de terminer les travaux — avec un mois de retard et une bonne majoration du devis initial — mais il avait bien travaillé. Alex allait inspecter une dernière fois les lieux avant de régler les factures.

L'ascenseur l'amena au dernier étage du petit immeuble résidentiel. De là, il avait vue sur une bonne partie de la ville. Il ouvrit la porte, le cœur battant. Le loft correspondait exactement à ce qu'il avait imaginé au départ. A une exception près, cependant : à l'époque, Lou ne faisait pas partie de ses plans. Désormais, elle appartenait à sa vie. Et au lieu de se faire installer la garçonnière la plus branchée de tout Washington, il avait modifié le projet et conçu un grand appartement familial. D'où les délais et les devis supplémentaires. Mais c'était parfait.

Il s'installa confortablement devant la cheminée du living, imaginant déjà la scène : un grand feu de bois, une soirée de l'automne prochain. Lou et lui étendus sur des coussins posés sur l'épaisse moquette de haute laine beige. Ils feraient griller des châtaignes, boiraient son meilleur vin, avant de s'aimer passionnément à la lueur des braises...

Un sourire rêveur flottant sur les lèvres, Alex passa dans la chambre. Un grand rectangle tapissé de bleu-gris — la nuance exacte des yeux de Lou — rehaussé par la moquette crème et ponctué du jaune d'or des rideaux de chintz délicat. Une pièce lumineuse, gaie et reposante, dont le meuble principal était un immense lit recouvert d'une courtepointe douillette de satin blanc. C'était au creux de ce lit qu'il la déposerait bientôt.

Il avait dessiné lui-même les éléments de chêne cérusé qui meublaient la cuisine. Pour cela, il avait tenu compte de la taille des boîtes de céréales préférées de Lou et de celle de son sac de riz complet à lui. Les deux s'intégreraient parfaitement, côte à côte.

Encore un peu étonné — et amusé — d'être tombé aussi follement amoureux d'une femme comme Lou, si pleine de charme et de vitalité, mais si peu yuppie — il ouvrit la porte de la salle de bains : marbre veiné de rose, vasques, armoires de toilette et brosses à dents jumelles mais une seule grande cabine de douche et une seule baignoire à bulles. Un gros savon rose posé sur un coquillage attendait Lou.

Il referma doucement la porte du loft et poussa un soupir de satisfaction. Enfin, il possédait un « home » à lui. Un endroit pour y ancrer ses rêves. Et maintenant, le plus agréable restait à faire : demander à Lou de l'épouser.

Recroquevillée sur le canapé, les bras autour de ses genoux et les yeux fixés sur le gros poisson en pyjama rayé, Lou méditait sur les difficultés de la vie en général et sur celles que lui causait Alex en particulier. Primo, elle ne l'avait pas vu depuis quatre jours. Secundo, s'il ne s'était pas installé de force chez elle, elle ne l'aurait jamais connu. Tertio, ne le connaissant pas, elle n'en serait pas tombée amoureuse.

Certaines personnes menaient une vie béate et ronronnante, comme ce poisson qui tournait inlassablement en rond en faisant des bulles, et d'autres luttaient dans le bruit et la fureur, se débattant désespérément entre un usurier requin et un amoureux yuppie !

— Lou ? Tu es là ?

Trudy frappait à la porte. Une amie ! Un vrai cadeau du ciel, quand la nuit tombe, que le travail se fait rare et qu'on a le cafard ! Elle lui aurait bien sauté au cou si Trudy n'avait pas tenu devant elle comme une arme son sacro-saint bol de café.

— Comment vas-tu, mon chou ? Je t'ai appelée plusieurs fois, mais ça sonnait dans le vide.

— Je ne réponds plus au téléphone, Trudy. J'ai trop peur que ce soit Lew !

— Pourquoi t'embêterait-il ?

— Je ne lui ai donné que deux cents dollars hier. Shehanigans est en train de faire faillite. Ils vont bientôt mettre la clé sous la porte !

— Oh, non ! Tu es dans de beaux draps, maintenant. Comment vas-tu t'en sortir ?

Lou baissa la tête.

— Je n'en sais fichtrement rien.

— Et Alex ? Tu lui en as parlé ?

— Non. Et je n'ai pas l'intention de le faire. De toute façon, il n'est jamais là, soupira-t-elle.

Trudy avala une gorgée, puis regarda pensivement son amie.

— Tiens, c'est curieux. C'est toi qui as des soirées libres, maintenant, et pas lui ! Qu'est-ce qu'il peut bien fabriquer tous les soirs ?

— Je n'en ai aucune idée.

La voix de Lou se fit glaciale.

— Je ne l'ai pas vu depuis que nous avons ramené l'horrible Ringo à sa propriétaire.

— Tu as vu sa mère ?

Lou se leva brusquement et se mit à arpenter le salon.

— Non, mais j'ai vu sa maison ! C'est un véritable palais ! J'ai eu un tel choc que j'ai pris la fuite. Je ne suis pas de leur monde, Trudy, et je n'en ferai jamais partie.

— Allons, tu dis des bêtises, mon chou, répondit placidement son amie. Cesse de vivre dans le passé et de ressasser les mêmes histoires tristes ! D'accord, tu étais pauvre. D'accord, les gamins plus riches se moquaient de toi à l'école. Mais c'est fini, maintenant ! Il est temps de t'assumer telle que tu es, Lou. Une jeune femme moderne, dynamique et fonceuse. Tu n'es plus la petite fille de la caravane !

Ahurie, Lou s'effondra sur le canapé et regarda fixement Trudy. Elle qui espérait se faire consoler, elle pouvait repasser. Pour une infirmière, Trudy avait une façon plutôt énergique de s'adresser à ses patients !

— Et puis je peux te dire qu'un compte en banque ne changera rien à tes sentiments ! Tu as intérêt à savoir si tu l'aimes ou non. Sinon, entre le passé que tu ressasses et l'argent dont tu rêves, tu risques de passer à côté de la chance de ta vie !

152

Lou médita un instant les paroles de son amie, puis haussa les épaules.

— En attendant la chance de ma vie, j'ai un requin qui vient rôder tous les jours sur mon palier, bougonna-t-elle.

— Lew ? Comment vas-tu le rembourser ? Mon copain le garagiste est malade, et son remplaçant ne veut pas entendre parler d'une séance de lavage de voitures !

— Et je n'ai rien à mettre au clou.

Trudy termina son café et lui coula un regard en biais.

— Il reste Alex, murmura-t-elle doucement.

Lou secoua la tête d'un air buté.

— Non, non et non ! Je ne veux rien lui devoir, à celui-là !

Trudy se leva.

— Comme tu veux, mon chou. Mais je ne vois pas d'autre solution !

Deux heures plus tard, Lou se creusait encore la cervelle pour trouver un moyen de rembourser l'usurier. Elle ne pouvait pas rester coincée chez elle, sans oser répondre au téléphone ni sortir ! Comment diable allait-elle se tirer de ce mauvais pas ? Elle finit par se coucher, inquiète et malheureuse, en espérant que la nuit lui porterait conseil. Mais impossible de trouver le sommeil. Un peu avant minuit, elle se leva d'un bond, fila dans la salle de bains, gribouilla en hâte quelques lignes :

« Alex, peux-tu me prêter deux cents dollars ? Je te rembourserai dès que possible. L. »

Elle colla le papier sur le miroir, regagna son lit... et s'assoupit aussitôt.

Alex rentra vers minuit et demie, épuisé mais content. Il vit le papier rose dès qu'il entra dans la salle de bains. Lou devait être aux abois pour lui demander un prêt !

Un petit sourire aux lèvres, il écrivit sa réponse :

« Lou chérie, tu peux compter sur moi pour l'argent. A une condition : nous déjeunons ensemble samedi. Quant aux modalités de remboursement, nous en discuterons plus tard. A. »

Il s'endormit ce soir-là en pensant à la bouteille de champagne qui les attendait dans le frigo de leur nouvelle cuisine.

11.

Lorsque Lou se réveilla, la première pensée qui lui vint à l'esprit fut qu'elle allait passer une partie de la journée avec Alex. Elle sourit, enchantée. Mais elle lui devait de l'argent. Elle se rembrunit. Et s'il voulait l'emmener chez sa mère, aujourd'hui ? Oh, non, quelle horreur ! Elle serait bien obligée de le suivre, mais la perspective de revoir « lady » Carson lui fit carrément faire la grimace.

Grrr... elle entendit le mixer, comme chaque samedi matin. Allons, courage ! Il était l'heure de se lever. Elle entra dans la cuisine et se dirigea automatiquement vers le percolateur, d'une démarche de somnambule. Alex leva les yeux pour la regarder par-dessus son journal et les baissa vivement. Elle portait ce T-shirt qui avait le don de l'émoustiller. Une fraction de seconde de plus, et il l'emportait dans ses bras, direction sa chambre ! Il se concentra sur les gros titres. Cette journée était l'une des plus importantes de sa vie, et il voulait respecter point par point le programme qu'il s'était fixé : visite du loft, demande en mariage, champagne. C'est alors qu'ils mettraient le cap sur la couette satinée de leur nouveau lit, format géant. Ce serait Lou et lui, pour la vie.

— Bonjour, chérie !

Il se poussa pour la laisser disposer sur la table son café et ses céréales et se tut prudemment. La chérie en question semblait un peu nerveuse, ce matin.

— J'ai une question à te poser, Alex. Pourquoi fais-tu marcher ton mixer dès l'aube ?

— Il est 10 heures du matin, mon cœur, lui fit-il remarquer avec un large sourire.

Lou émit un léger grognement et attaqua ses céréales de bon appétit. Mieux valait laisser tomber. La dernière fois qu'ils avaient abordé ce sujet, elle s'était arrêtée à la limite de l'extinction de voix... et avait perdu, bien entendu. D'ailleurs, elle avait d'autres choses à dire à Alex, qui étaient bien plus importantes.

— Merci pour l'argent, murmura-t-elle.

Alex hocha la tête. Comme ce « merci » devait lui coûter !

— Mais je ne sais pas encore quand je pourrai te rembourser...

— Ce n'est pas urgent. Ni obligatoire. Je pensais contribuer de toute façon à la formation de Joyce...

— Non ! C'est un crédit, pas un don. Je te rembourserai avec des intérêts.

Alex haussa les épaules.

— Voyons, Lou, ne sois pas sur la défensive dès qu'il s'agit d'argent !

Lou se concentra sur son assiette. L'argent était un sujet tabou entre eux. Leurs conceptions étaient trop différentes. S'ils l'abordaient, elle risquait de lui claquer la porte au nez dans trois minutes.

— Alex, où m'emmènes-tu, aujourd'hui ?

Il sourit, heureux de la diversion.

— Ah ! Ah ! C'est une surprise ! Tout ce que je peux te dire, c'est que tu n'y es jamais allée !

— Oh !

Le visage de Lou s'illumina. Pas de « lady » Carson à l'horizon !

— Dépêche-toi de t'habiller, ou nous n'aurons jamais le temps...

« ... d'étrenner notre nouveau lit », pensa-t-il.

156

— ... de voir tout ce qu'il y a à voir, acheva-t-il à mi-voix.

— Une minute ! Laisse-moi d'abord vérifier le tirage du Loto.

Elle s'empara avidement du journal. Alex la laissa faire, médusé. Elle avait vraiment de la suite dans les idées ! Il ferait bien de relire *La Mégère apprivoisée* avant d'épouser Lou...

La jeune femme pâlit soudain. Elle relut lentement le numéro gagnant. Très lentement. Non, ce n'était pas le sien. Elle verdit. Mais il semblait très proche de celui de...

— Alex ? Je peux voir ton billet ? demanda-t-elle d'une voix blanche.

— Mon billet ? Euh... je ne sais plus très bien où je l'ai mis. Il doit être quelque part dans ma chambre.

— Va le chercher !

Il se leva, étonné. Pourquoi cette impatience ?

— Ne me dis pas que j'ai gagné ! dit-il en riant avant de s'éloigner.

Restée seule, Lou se tritura les méninges. Voyons, quel numéro complémentaire avait-il choisi ? Dix ou douze ? En tout cas, pour un coup d'essai, c'était un coup de maître ! Il avait frôlé la fortune... Alex revint, le billet dans la main.

— Tiens, le voilà. J'ai failli le jeter hier soir avec d'autres papiers.

Lou ne l'écoutait pas. Fébrilement, elle posa la grille à côté du numéro imprimé en gras sur le journal, compara les chiffres, un par un. A plusieurs reprises.

— Alex...

Elle avait du mal à respirer.

— Tu viens de gagner trois millions de dollars.

— Quoi ?

Elle lui tendit le journal d'une main tremblante. Il vérifia les chiffres à son tour, releva lentement la tête, les yeux exorbités.

— C'est pourtant vrai...

Il la regarda un instant avec stupeur. Puis il lui sourit d'une oreille à l'autre.

— Lou! C'est vrai! J'ai gagné! cria-t-il, au comble de l'excitation.

Il la saisit à bras-le-corps et la fit tournoyer dans la cuisine.

— Tu te rends compte, chérie? J'ai gagné le gros lot!

— Toutes mes félicitations, dit Lou d'un ton crispé, lorsqu'il la reposa sur le carrelage, haletant.

— Trois millions de dollars! C'est incroyable!

Il ouvrit la porte du réfrigérateur, en sortit une bouteille de vin blanc et prit deux verres dans un placard.

— Il faut fêter ça! Buvons à cette fortune qui nous tombe du ciel!

Lou n'arrivait pas à le regarder dans les yeux. Ni même à le regarder du tout, incapable d'admettre que la joie d'Alex lui faisait mal. C'était pourtant la triste vérité. Il avait tout, et maintenant, il avait même trop! Pourquoi n'avait-elle pas gagné, elle qui n'avait jamais rien eu dans la vie? Quelle injustice! Elle avala une gorgée de vin. Il avait un goût affreusement amer.

— Qu'allons-nous faire de tout cet argent, Lou? Tu n'as pas l'air très excitée!

— Mais si, je suis très contente pour toi.

Pourquoi parlait-il toujours au pluriel? C'était *son* argent à lui. Elle n'avait rien gagné du tout.

— Un voyage, pour commencer! Que dirais-tu d'une croisière?

Les yeux brillants, Alex s'assit à califourchon sur une chaise, appuya les coudes sur le dossier et la contempla en souriant béatement, avec l'air d'un gamin qui vient de décrocher la lune.

— C'est toi qui choisis la destination, d'accord?

Lou ne répondit pas. L'amertume s'insinuait en elle comme un poison. L'autre jour, Alex lui avait demandé si le fait d'être riche modifierait les sentiments qu'elle avait pour lui. Mais ils n'avaient jamais pensé qu'il gagnerait ! La différence entre eux devenait un gouffre. Un abîme sans fond. *Abyss*, à côté, c'était une tempête dans un verre d'eau...

— Alors ? insista Alex. Tu as fait ton choix ? Le monde est à nous, maintenant !

Elle releva lentement la tête, leurs regards se croisèrent pour la première fois depuis l'événement.

— Non, yuppie. Il est à toi. Pas à nous. Alors, amuse-toi bien !

Impassible, comme si elle était totalement étrangère à la scène, Lou observa le visage d'Alex se décomposer peu à peu.

— Que veux-tu dire ?

— Ne me dis pas que tu n'as pas encore compris !

Elle se leva, s'adossa à l'évier.

— Je n'ai pas un sou en poche. Chaque semaine, depuis des années, je joue au Loto et je rêve de gagner. Toi, tu es plein aux as. Tu achètes une grille, comme ça, pour voir. Et tu gagnes ! Moi, je perds. Encore et toujours. Ce n'est pas juste et j'en ai marre !

Le regard d'Alex se durcit.

— Tu n'aimes pas voir gagner les autres, c'est ça ? Au lieu de partager leur joie, tu crèves d'envie dans ton coin !

Elle haussa les épaules.

— C'est ta façon de voir les choses.

— Triple idiote ! explosa-t-il. Tu es tellement aveuglée par tes petits problèmes que tu ne vois pas plus loin que le bout de ton joli nez ! Tu te recroquevilles dans ton passé, au lieu de vivre au présent ! Le jour où tu cesseras de te regarder le nombril, tu seras peut-être capable d'aimer vraiment quelqu'un et d'être heureuse !

Lou le fusilla du regard.

— Tais-toi ! Tu n'es qu'un crâneur ! Un sale yuppie... et un dentiste, en plus !

Lou n'arrivait plus à se dominer. Ce n'était pas l'homme

qu'elle aimait qui lui faisait face, mais celui qui avait gagné à sa place. Elle en pleurait de rage et de frustration.

— Débarrasse le plancher, maintenant que tu es multi-millionnaire ! cria-t-elle, hystérique. Ne passe pas cinq minutes de plus dans mon taudis !

— Lou... je t'en prie.

Alex se leva et lui tendit les bras.

Elle le repoussa d'un geste.

— Va-t'en ! Et sors de ma vie par la même occasion !

Il se tut un long moment. Lorsqu'il parla enfin, ce fut d'une voix dangereusement calme.

— Très bien. Je vais m'en aller, puisque tu l'exiges.

Quelques instants plus tard, Lou entendit la porte d'entrée claquer violemment. Elle saisit son verre de vin et le lança dans l'évier, où il se brisa en mille morceaux.

— Voilà ce que je pense de toi et des trois millions de dollars, yuppie ! Je te hais ! Oh ! comme je te hais, Alex Carson...

Elle s'écroula en sanglotant sur une chaise.

Lou rentra à la tombée de la nuit. Elle commençait déjà à regretter amèrement la scène du matin. Si Alex le souhaitait vraiment, eh bien... elle irait jusqu'à lui présenter des excuses.

— Alex ?

Elle pénétra dans le salon à pas de loup. Peut-être s'était-il endormi sur le canapé en l'attendant, comme l'autre fois ? Le canapé était vide, l'appartement étrangement silencieux.

« Il est parti faire la fête, songea-t-elle, déçue. Sans moi. »

Elle s'assit sur son fauteuil, balaya la pièce d'un regard las. Quel silence ! Elle s'agita, mal à l'aise. Quelque chose manquait... le poum-poum de la pompe ! L'aquarium avait disparu. Et le vélo ? Parti, lui aussi ! Lou se précipita dans la salle de bains : le water-pik et le bicarbonate de soude brillaient par leur absence.

— Mon Dieu ! Ce n'est pas possible !

Elle ouvrit d'une main tremblante la porte de la chambre : elle était vide. Totalement, irrémédiablement vide. Elle ramassa d'un geste machinal un petit papier abandonné sur la moquette. C'était le ticket de caisse d'un fleuriste. « Une rose : six dollars ». La rose qu'il lui avait déposée dans la salle de bains, le jour où ils étaient sortis ensemble. Elle fixa le bout de papier, les yeux emplis de larmes. C'était la seule trace qui lui restait du passage d'Alex Carson dans sa vie...

Engourdie et courbatue comme si on l'avait rouée de coups, elle se dirigea en titubant vers la cuisine pour se faire chauffer du lait. C'est là qu'elle trouva le dernier message d'Alex, coincé sous la boîte de céréales :

« Lou — J'ai payé d'avance trois mois de loyer et remboursé tout ce que tu devais à l'usurier. Ne me remercie pas. Sans toi, je n'aurais jamais joué au Loto. A. »

Et voilà ! Il était parti comme un homme bien élevé, sur la pointe des pieds et en faisant place nette derrière lui. Tout était réglé, elle n'avait pas le plus petit reproche à lui faire. Dans ce vide immense qui l'enveloppait désormais, il ne lui restait plus que ses yeux pour pleurer.

Ce qu'elle fit. Toute la nuit.

Il n'avait jamais passé un week-end aussi abominable. Il n'avait même pas eu le courage d'aller réclamer la fortune qu'il avait gagnée. Dans le loft fraîchement peint, les cartons s'entassaient lamentablement, dans le plus grand désordre. Aucun n'était ouvert. Sur la table basse, les poissons se croisaient et se recroisaient, à l'étroit dans le pot de confiture qui avait servi à leur transport, en lorgnant tristement le grand aquarium vide.

Assis devant la cheminée, tournant le dos à ce spectacle

consternant, Alex regardait fixement les bûches empilées à ses pieds. Oui, sa vie n'était qu'un tas de bûches prêtes à s'embraser dans le plus gai, le plus pétillant des feux de joie. Ne manquait que l'étincelle. Malheureusement, dans son cas, l'étincelle était la jeune femme la plus insupportable qui soit. La plus merveilleuse aussi, et la seule qui lui convienne...

— 'jour, Ned, grommela-t-il en débarquant dans le hall du cabinet, ce lundi matin.

Il fit une grimace de douleur en retirant sa veste. Car en plus, il avait mal au dos ! Il s'esquintait les vertèbres à dormir sur le canapé trop petit, incapable d'étrenner son grand lit tout seul. Sans Lou.

— Oh, là, là ! Toi, avec la tête que tu as, tu as passé ton week-end à déménager, commenta Ned en branchant le percolateur.

— Hmm...

— Heureusement, tu n'es pas tout seul. Tu vas voir, dès que Lou aura rangé la cuisine et accroché les rideaux, vous vous sentirez vraiment chez vous ! Et si Lou...

— Elle est restée chez elle.

Les sourcils en accent circonflexe, Ned s'arrêta net de verser la poudre dans le filtre.

— Tu veux dire... qu'elle n'habite pas chez toi ?

— Tout juste. Il vient, ce café ?

— Dans une minute...

Alex ouvrit le carnet de rendez-vous et fit mine de s'absorber dans sa lecture. Il savait que Ned attendait des explications, mais il était encore trop bouleversé pour lui en fournir.

— Evidemment, cela ne me regarde pas, commença Ned.

« Mais... » Alex savait qu'il allait dire « mais » et lui poser quand même la question.

— Mais que s'est-il passé? Je croyais que tu étais sur le point de la demander en mariage!

— C'est vrai, soupira-t-il.

Il pensa à la bouteille de champagne qui attendait toujours, dans le bas du réfrigérateur. La boiraient-ils un jour?

— Et alors? souffla Ned.

— Alors j'ai gagné au Loto et Lou m'a flanqué dehors! Bon sang, Ned, il est prêt, ce café?

Ned se laissa tomber sur une chaise.

— Répète un peu ce que tu viens de dire...

— Ce percolateur est d'une lenteur!

— Alex Carson, tu as gagné trois millions de dollars, c'est bien ça?

— Oui.

Alex prit impatiemment sa tasse à demi pleine et but à petites gorgées le liquide brûlant.

— Et c'est parce que tu as gagné cette fortune que ta petite amie t'a flanqué dehors, c'est bien ça?

— Oui.

— Et bien entendu, tu n'as rien d'autre à me dire? Et surtout, je ne dois pas sauter de joie et te féliciter d'avoir gagné?

Alex baissa les yeux sans répondre. Vue sous cet angle, la situation était grotesque. Ned devait les croire fous à lier!

— Si j'étais vous, j'irais voir un bon psychiatre, commenta Ned.

Il retira ses lunettes, les jaugea à la lumière et entreprit de les nettoyer.

— Où sont donc passées les femmes qui se marient pour de l'argent? La bonne vieille race des croqueuses de diamants, murmura-t-il, l'œil ironique.

— Je te l'ai déjà dit, Ned. Lou est un peu... spéciale, quand il s'agit d'argent.

— Très, très spéciale, si tu veux mon avis.

Ned remit ses lunettes.

— Arrête de fixer ce carnet de rendez-vous, nom d'un chien, et regarde-moi, Alex!

Surpris, Alex leva lentement la tête.

— Tu es bien sûr que Lou Bauer vaut trois millions de dollars ? Tu sais, les jolies filles, ça court les rues... une de perdue, dix de retrouvées !

Il contempla pensivement le visage sombre et buté du jeune homme.

— Je vois. Tu es mordu, fiston, dit-il avec une surprenante douceur.

— Tout est tellement stupide ! Si seulement elle pouvait...

Alex s'interrompit brusquement. La porte d'entrée venait de claquer. La secrétaire allait arriver d'un moment à l'autre.

— Je suppose que tu tiens à ce que cela reste entre nous ? demanda Ned à mi-voix.

— Et comment !

Ned se leva pour accueillir la secrétaire. Il hochait la tête comme un vieux bouddha.

Alex raccompagna son dernier patient de la journée et lui serra cordialement la main sur le pas de la porte. Puis il s'effondra dans un fauteuil de la salle d'attente, tremblant d'épuisement, et ferma les yeux. Ouf ! Il pouvait souffler un peu...

— Enfin, tu as terminé !

Les lunettes de Ned luisaient dans la pénombre. Alex se redressa d'un coup.

— Qu'est-ce que tu fais là ?

— Je t'attendais. Nous n'avions pas fini notre petite conversation de ce matin, et elle m'a trotté dans la tête toute la journée. Tu n'as pas l'air de tourner rond, fiston !

Alex se passa nerveusement la main dans les cheveux.

— C'est vrai, avoua-t-il. Je ne sais plus où j'en suis.

— Tu l'aimes ?

— C'est une question indiscrète !

— C'est celle que ton père t'aurait posée. Est-ce que tu l'aimes ?

Alex s'affaissa sur le dossier, les paupières closes.

— J'en suis fou, Ned.

— Dans ce cas, inutile de raisonner ! Il vaut mieux voir la situation sous un autre angle. Par exemple, que vas-tu faire de cette fortune qui la rend malade ? Tu vas acheter des chevaux de course, des toiles de maître, la claquer au casino, te la couler douce au soleil ?

Alex était muet de stupeur. Il n'y avait même plus pensé ! Qu'allait-il faire de tout cet argent dont il n'avait pas vraiment besoin ? Il aimait son métier et gagnait confortablement sa vie. Judicieusement placé, l'héritage de son père lui rapportait, bon an mal an, des sommes rondelettes. Plus tard, il aimerait s'acheter une maison à la campagne, et une grosse voiture pour y emmener femme et enfants. En y ajoutant un voyage de temps en temps, ses ambitions s'arrêtaient là.

— Que veux-tu que j'en fasse, Ned ? C'est beaucoup trop ! Peut-être que je n'irai même pas le réclamer, après tout !

— Alors là, c'est la plus belle ânerie que j'aie jamais entendue !

— Mais pourquoi ?

— Parce que c'est une échappatoire qui ne résout rien ! Si tu ne veux pas le garder pour toi, tu n'as qu'à financer une œuvre ! Les malheureux ne manquent pas sur la planète, tu n'as que l'embarras du choix : paralysés, clodos, femmes battues, gosses incurables...

Alex se mit à arpenter la pièce. Refuser les trois millions de dollars, ça ne tenait pas debout. A la limite, Lou lui en voudrait encore plus ! Il se souvint brusquement des paroles de son père : « L'important, ce n'est pas l'argent qu'on gagne, mais ce qu'on en fait. » Il tenait sa solution : les enfants, bien sûr ! Ceux qui souffraient d'une maladie du cœur...

Il s'arrêta pile, se campa devant Ned et sourit, pour la première fois depuis trois jours :

— Ned ! Dommage que tu partes bientôt à la retraite. Tu as encore les idées claires, quelquefois !

Le mixer vrombissait dans la cuisine. Lou sauta du lit. Le mixer d'Alex l'avait réveillée, comme tous les samedis ! Il était revenu ! Le bruit retentit de nouveau. Non. C'était quelqu'un qui tambourinait sur la porte. Alex, sûrement ! Elle se précipita pour ouvrir, le visage radieux.

— Oh, Trudy, murmura-t-elle.

Son amie entra au pas de charge, sans remarquer sa déception. Elle brandit un quotidien du matin, l'air rageur.

— Lis-moi ça !

Trudy déplia le journal sous le nez de Lou.

— Il y a un fou qui se balade en liberté dans notre quartier ! Le type qui a gagné au Loto. Il n'a même pas réclamé son argent. Et tu sais quoi ? Il a acheté son ticket au drug-store juste en face ! Vraiment, il n'y a pas de justice !

Lou parcourut rapidement l'article, regarda son amie, excitée comme une puce, qui gesticulait tout en parlant, et fit la grimace. Il faudrait bien la mettre au courant un jour ou l'autre...

— Trudy... c'est Alex Carson qui a gagné les trois millions de dollars, dit-elle d'un ton lugubre.

Trudy s'interrompit brutalement et resta sans voix de longues secondes.

— J'espère que tu plaisantes, articula-t-elle faiblement.

— Pas du tout.

— Mais... comment a-t-il pu gagner ? Il ne joue jamais !

— Il a fait une grille pour me faire plaisir. Une seule.

— Oh, non... je ne peux pas y croire, Lou. Et toi ? Quel effet ça te fait, de vivre avec le dentiste le plus riche d'Amérique ?

— Aucun. Il est parti.

166

Trudy fit des yeux ronds, ouvrit la bouche, la referma. Lou songea au gros poisson rayé lorsqu'il lâchait ses bulles.

— Il est parti... pour de bon?

Lou hocha la tête, la gorge brusquement nouée.

— Fais-moi un café bien tassé et raconte-moi tout, exigea Trudy.

Dix minutes plus tard, assise dans la cuisine, elle dégustait sa seconde tasse entre deux bouffées de cigarette, abasourdie par le récit de Lou.

— Mais tu es tombée sur la tête, mon chou! Bon sang, j'ai déjà vu des gens gâcher leur vie, mais à ce point-là, c'est rare!

Trudy écrasa son mégot et se leva.

— Je vais à l'hôpital. En attendant, médite un peu sur la façon dont tu vas t'y prendre pour rattraper les choses... si c'est encore possible. Tu aimes Alex, n'est-ce pas?

Lou leva vers elle des yeux brillant de larmes et poussa un « oui » étranglé.

— Alors mets un peu d'eau dans ton vin et ton orgueil dans ta poche, avec un mouchoir par-dessus, tête de mule! Et souviens-toi du proverbe : « Qui perd gagne! »

Elle saisit son sac.

— Je te verrai peut-être tout à l'heure?

— Ah, non! Pas de Clara, aujourd'hui. Dis-leur que c'est relâche!

Lou feuilleta distraitement le journal. Elle n'avait même pas de numéro à vérifier. Pour la première fois, le Loto ne l'intéressait plus. Elle qui avait cru si longtemps que l'argent résoudrait tous ses problèmes comme par magie! Elle était malheureuse comme les pierres et regrettait presque les cris du propriétaire et les apparitions intempestives de Lew sur son palier. Les soucis d'argent n'étaient rien, à côté des problèmes de cœur! Non, elle n'aurait plus jamais l'impression qu'elle perdait lorsque quelqu'un d'autre gagnait...

167

La sonnerie du téléphone la fit sursauter.

— Lou ! C'est Trudy. Viens tout de suite à l'hôpital, on opère la petite Susan. Son grand-père est là, et il n'y a personne pour s'en occuper !

— Non, je ne peux pas... Pas ça, Trudy. Et puis, je ne le connais même pas !

— Dépêche-toi ! Il t'attend.

Trudy lui raccrocha au nez.

Quelques instants plus tard, Lou ravalait ses larmes au volant de sa Coccinelle. Le cas de Susan, c'était celui de Nancy. Elle se revoyait à quinze ans, au chevet de sa petite sœur qui allait mourir...

Elle traversa le hall comme un zombie, s'engouffra dans les toilettes et s'aspergea le visage d'eau glacée. Puis elle se regarda dans le miroir : yeux rougis, paupières bouffies, l'image de la désolation !

« Bon sang, c'est vrai que je vis dans le passé ! C'est Susan qu'on opère, pas Nancy ! Et elle va sans doute vivre, grâce aux nouvelles techniques ! Alors, sur qui je pleure ? Sur Susan qui va peut-être guérir... ou sur moi ? »

Elle pénétra d'un pas déterminé dans la salle d'attente. Mais lorsqu'elle aperçut le vieil homme affaissé sur la chaise de plastique, le regard fixé sur le linoléum, elle faillit flancher.

« Il a besoin de toi ! Donne-lui le meilleur de toi-même, Lou Bauer. »

— Monsieur Halvorsen ?

Il se retourna et elle réussit à lui sourire.

— Bonjour, je m'appelle Lou. Et aussi Clara, le clown des enfants. Je connais votre petite Susan.

Les yeux gris s'illuminèrent un bref instant, un pâle sourire détendit les traits tirés par l'angoisse.

— Merci d'être venue, dit-il simplement.

Elle s'assit près de lui. Comme il semblait seul et désorienté, dans cette grande salle impersonnelle ! Soudain, elle fut contente d'être venue.

— Une infirmière vient me donner des nouvelles de temps en temps, l'informa-t-il d'une voix enrouée. On en a encore pour une bonne heure... j'essaie de ne pas penser à ce qui se passe derrière cette porte.

— Vous avez raison. C'est ce qu'il faut faire, l'assura Lou d'un ton ferme.

— Alors cessez de martyriser ce malheureux fauteuil qui ne vous a rien fait !

Avec un clin d'œil, il désigna ses doigts qui étreignaient les bras du siège à s'en faire craquer les jointures. Elle se mordit la lèvre et croisa les mains sur ses genoux.

— J'ai du mal à ne pas y penser, murmura-t-elle.

Il la dévisagea attentivement.

— Susan dit que vous l'aimez beaucoup.

— On ne peut rien lui cacher !

— Elle croit que vous êtes son clown personnel et elle a l'intention de vous emmener lorsqu'elle sortira de l'hôpital !

Lou rit de bon cœur.

— Je ne suis pas contre ! Mais elle ne m'en a pas encore parlé.

— Vous connaissez aussi le Dr Carson, je crois ? Elle l'adore !

Lou tressaillit. Elle n'avait pas pensé à ses problèmes avec Alex depuis deux heures. Un record !

— Je l'attends d'une minute à l'autre, poursuivit tranquillement Halvorsen.

— Qui ? Alex ?

Lou s'étranglait d'émotion. Le vieil homme hocha la tête.

— Il m'a dit qu'il viendrait dès qu'il aurait fini. Mais il y a tellement d'enfants qui viennent le voir, le samedi !

— Des enfants ? répéta Lou, interloquée. Je croyais qu'il recevait surtout des hommes d'affaires !

— Oh, non ! Grâce à lui, tous les gamins du voisinage ont des dents saines. Ça commence à se savoir et il y en a qui viennent de loin pour se faire examiner gratuitement.

— Il consulte sans se faire payer ? Le samedi ?

— Je lui donne ce que je peux... mais la plupart sont trop pauvres, commenta placidement Halvorsen.

Lou n'en revenait pas. Décidément, elle avait autant d'intuition qu'un sac de pommes de terre ! Alex ne lui avait jamais parlé de rien, et elle avait toujours cru qu'il était dévoré d'ambition, comme tout yuppie qui se respecte. Et puis d'abord, pourquoi avait-elle décidé qu'il était un yuppie ?

— On vient !

Le grand-père de Susan fixait la porte, l'air anxieux. Trudy apparut sur le seuil, le regard curieusement brillant. Lou se leva d'un bond.

— Alors ?

— Je viens de voir le chirurgien. L'opération est terminée.

Halvorsen se leva à son tour.

— Ils ont... réussi ?

— Je crois bien que oui, murmura Trudy, les yeux embués de larmes.

— Oh ! Merci, mon Dieu ! s'exclama-t-il, la voix rauque.

Terriblement ému, il prit les mains de Lou et les serra fortement.

— Elle est sauvée ! Elle est sauvée !

Ils riaient et pleuraient à la fois. Par-dessus l'épaule du vieil homme, Lou vit Alex qui les regardait avec un immense sourire.

12.

— Oh, Alex ! Susan va guérir !

Il ouvrit les bras. Lou s'y jeta, tremblant de soulagement après l'angoisse de l'attente. Alex soupira longuement. Dieu sait qu'il s'était inquiété, lui aussi, depuis qu'Halvorsen lui avait téléphoné !

Il la relâcha, s'approcha du vieil homme et lui étreignit la main.

— Je suis si heureux ! Je suis venu le plus vite que j'ai pu, vous savez.

— Et juste au bon moment, docteur !

Ils s'assirent tous les trois et bavardèrent à mi-voix en attendant le chirurgien. Celui-ci apparut quelques instants plus tard, les traits tirés, mais un large sourire aux lèvres. Tout s'était bien passé. Dans quelques semaines, Susan pourrait rentrer chez elle et reprendre une vie normale.

— Et faire du patin à roulettes ! s'exclama Lou en riant, dès que le médecin eut tourné le dos.

— Et voir Ringo, ajouta Alex. Je suis sûr qu'il l'amusera !

Il chercha le regard de Lou.

— Nous pourrions l'emmener passer une journée chez ma mère, suggéra-t-il. L'air lui ferait du bien.

— Ce serait une bonne idée, murmura Lou, les yeux dans les siens.

Halvorsen les contempla l'un après l'autre, l'œil pétillant.

— J'ai l'impression que vous vous connaissez bien plus que je ne croyais, tous les deux.

Il se tourna vers Lou.

— Merci de m'avoir tenu compagnie.

Puis vers Alex :

— Docteur Carson, vous devriez l'emmener prendre quelque chose à la cafétéria. Cette jeune personne a besoin d'être requinquée à son tour !

— Non, non, je vais rester avec vous, protesta Lou.

— Pas question ! De toute façon, vous ne verrez pas Susan aujourd'hui. Revenez plutôt lui faire une petite visite dans deux ou trois jours, ça sera bien plus utile.

— D'accord. Avec un ballon rouge, promit Lou.

Ils prirent congé et marchèrent lentement vers l'ascenseur.

— J'espère que ça n'a pas été trop dur pour toi, Lou. Après ce que tu as enduré avec ta sœur...

— Je n'ai pas pensé à Nancy une seule fois depuis notre arrivée ! remarqua Lou, stupéfaite.

Alex la contempla pensivement.

— Peut-être que ton passé s'estompe peu à peu... et que tu vas bientôt découvrir le présent ?

— Peut-être...

Ils entrèrent dans le self-service. Etonnée, Lou vit Alex empiler soigneusement deux hamburgers, un paquet de frites et un gros morceau de gâteau au chocolat sur son assiette, tandis qu'elle choisissait une salade au poulet. Ils comparèrent leurs plateaux en riant.

— Oh, oh ! Mais tu sais te nourrir correctement, quand tu veux, observa Alex.

— Et toi, tu sais faire des écarts à ton régime !

Elle lui fit un clin d'œil malicieux.

— Mais je crois que je vais prendre quand même un dessert...

Ils avaient retrouvé leurs sujets de plaisanterie habituels. Mais leurs voix, leurs gestes, leurs regards, étaient plus doux, plus légers, comme ceux des convalescents.

Une fois assise, Lou hésita une fraction de seconde avant de se jeter à l'eau.

— Alex... je te dois des excuses. Je regrette tout ce que je t'ai dit, l'autre jour.

Elle ne s'attendait quand même pas à ce qu'il lui pardonne tout de suite. Mais la réaction d'Alex lui fit l'effet d'une douche froide.

— Tu as été très dure, déclara-t-il d'une voix neutre.

Il était échaudé. Comme elle avait dû le faire souffrir, pour qu'il se montre aussi réservé! Presque sur la défensive. A elle de faire les premiers pas, cette fois! Lou décida de sacrifier son amour-propre à l'Amour, avec un grand A.

— Merci d'avoir payé le loyer et remboursé Lew, ajouta-t-elle timidement.

Il haussa les épaules.

— C'était la moindre des choses! Sans toi, je n'aurais jamais acheté cette fameuse grille.

Cette fois, la douche était glacée. Ainsi, il n'avait fait que s'acquitter d'une dette morale! Elle qui avait tellement espéré que ce geste signifiait autre chose...

— Finalement, tu m'as flanqué dehors au bon moment, commenta-t-il, toujours impassible. L'entrepreneur venait juste de terminer mon loft. Je voulais te le montrer, samedi dernier. C'était ma surprise.

Lou fixait désespérément sa salade.

— Alors... tu serais parti de toute façon?

Il lui coula un regard de biais.

— Pourquoi cette question?

— Oh, pour rien.

Leurs yeux se croisèrent... et chacun se rendit compte avec soulagement que l'autre lui mentait.

— Tu crois qu'on peut reprogrammer cette visite? s'entendit-elle demander, le cœur battant.

Il la dévisagea calmement.

— Tu le souhaites vraiment?

— Oui.

Elle avait décidé de plonger. La tête la première, les yeux fermés et sans savoir nager. Mais Alex valait tous les risques.

— Je vais quelques jours à New York pour participer à un congrès. Tu pourrais venir samedi prochain... si tu es libre, bien entendu.

— Je serai libre, affirma-t-elle.

Lou flottait sur un petit nuage. La vie était belle ! Plus de dettes, plus de loyer, quelques petites soirées de routine, juste pour passer le temps jusqu'à samedi. Elle comptait les heures.

Lorsque le téléphone sonna, le mercredi à midi, elle se précipita pour répondre.

— Allô ! dit-elle gaiement.

— Bonjour. Je suis Lucille Carson.

Lou resta muette de stupeur.

— La mère d'Alex, poursuivit la voix mélodieuse, à l'autre bout du fil.

Elle n'avait pensé qu'à Alex. Et tout oublié de son passé, de son milieu ou de sa fortune. Jusqu'au souvenir de sa mère.

— Vous êtes Lou Bauer ? insista la voix.

— Oui... oui. C'est bien moi, articula-t-elle.

— Je sais que je ne vous ai vue qu'une fois, Lou, aussi suis-je un peu gênée de vous téléphoner comme cela... mais j'ai un service à vous demander.

— Oh, mais je vous en prie, madame.

— Lucille. Appelez-moi Lucille, s'il vous plaît, dit la voix, toujours mélodieuse, mais très ferme. Eh bien, voilà. Figurez-vous que ma sœur Amelia vient de faire une mauvaise chute. Elle s'est cassé le col du fémur et je prends l'avion tout à l'heure pour la rejoindre en Arizona. Comme Alex est parti à son congrès, je n'ai personne à

174

qui laisser Ringo. Vous comprenez, ma femme de ménage y est un peu... allergique.

Lou déglutit, s'étrangla, toussa. Non ! Elle n'allait pas encore hériter de cet odieux volatile !

— C'est pourquoi j'ai pris la liberté de vous appeler pour vous demander si vous ne pourriez pas le garder un jour ou deux, en attendant le retour d'Alex. Vous me rendriez un immense service, Lou.

La jeune femme s'éclaircit la voix.

— Mais, madame...

— Lucille.

Lou hésita. Le prénom lui écorchait les lèvres dès qu'elle pensait à l'allure si impressionnante de la mère d'Alex.

— Eh bien, Lucille, je comprends votre problème, mais je ne suis jamais chez moi, vous savez, et...

— Oh, mais ne vous inquiétez pas ! Ringo s'amuse très bien tout seul ! Un rayon de soleil lui suffit pour se mettre à chanter. D'ailleurs vous en jugerez par vous-même : il a du coffre !

« Du coffre ? Une malle, oui ! Cette boule jaune avait une cage thoracique en fer forgé ! »

— Quand rentre-t-il ?

— Un peu plus tôt que prévu. Demain midi, je crois. Lou, je ne sais vraiment pas comment vous remercier ! Je vous déposerai Ringo tout à l'heure en allant à l'aéroport, cela me donnera l'occasion de bavarder cinq minutes avec vous. Alex m'a dit que vous aviez repris son ancien appartement ?

Combien d'histoires lui avait-il encore racontées ? se demanda Lou, perplexe.

— C'est exact, murmura-t-elle.

— Parfait ! C'est juste sur mon chemin. A tout à l'heure, ma chère !

Lou raccrocha, abasourdie. Lucille Carson possédait l'art d'embobiner les gens ! Deux minutes plus tard, elle se retrouva agenouillée sur la moquette en train de brancher l'aspirateur. Pourquoi diable se mettait-elle à nettoyer l'appartement ? Après avoir dépoussiéré vivement le sol et les meubles, elle fila dans sa chambre pour se changer.

Lorsque Lucille Carson sonna à la porte d'entrée, Lou était prête à minauder dans son plus joli pantalon en lin vert pâle et son chemisier le plus raffiné de soie ivoire. Le salon était impeccable, le café, chaud, et les beignets, tièdes comme il se doit.

— Je suis cinglée, murmura-t-elle en allant ouvrir. Complètement cinglée !

Lucille était le symbole même de l'élégance : tailleur en fin lainage bleu pâle, double sautoir en or, escarpins et sac bleu marine. Comment pouvait-elle avoir l'air de sortir d'une boîte alors qu'on venait de l'appeler d'urgence pour sauter dans un avion ?

— Entrez, je vous en prie. Attendez, je vais prendre la cage.

De dessous sa frange noire, Ringo lui lança un regard perçant. Un peu mal à l'aise, Lou se demanda tout à coup s'il pouvait déchiffrer les sentiments des humains. Avec les mutants, on ne sait jamais...

— Je suis ravie que nous puissions bavarder, toutes les deux, déclara Lucille en s'installant sur le canapé.

Elle prit la tasse que Lou lui tendait.

— Merci. Alex me parle si souvent de vous !

Les jambes soudain flageolantes, Lou se revit dans son petit costume d'Alsacienne, à la porte de son appartement, un sac de sucre dans les bras, tandis qu'Alex mentait effrontément à son sujet. Qu'avait-il bien pu lui dire d'autre ?

— Que vous a-t-il dit ?

— Voyons... que vous étiez institutrice, mais en chômage temporaire. Et que vous faisiez un peu de figuration pour aider votre sœur à payer ses études.

176

Au moins, il avait gentiment présenté les choses.

Lucille posa la tasse sur la table et dévisagea la jeune femme.

— Je vous dois des excuses. Lorsque je vous ai rencontrée, j'étais si surprise par votre déguisement que je n'ai pas été aimable du tout.

— Oh, mais si...

— Non, répéta fermement la mère d'Alex. J'ai eu un réflexe de mère poule en me retrouvant tout à coup face à la femme qui vivait avec mon fils unique !

Lou fit des yeux ronds.

— Vous... vous aviez deviné ?

— Allons, Lou, je ne suis pas née de la dernière pluie ! Mon fils ne se sert pas d'une houppette rose pour se raser, et n'oublie pas ses ballerines vernies sous un fauteuil ! Quant à cette histoire de sucre...

Lucille sourit.

— ... Il n'a jamais su mentir !

Lou rit de bon cœur.

— Il ne se doute de rien ?

— Non. Et ce n'est pas moi qui le lui dirai !

Lou lui passa le plat de beignets. Lucille Carson commençait à lui plaire. Elle n'était pas si snob que ça, et plutôt perspicace.

— Vous savez, Lou, j'étais un peu comme vous, à votre âge.

— Comme moi ?

Elle faillit lâcher son beignet. Non, Lucille n'était pas si perspicace, après tout.

— Excusez-moi, mais j'ai du mal à vous croire. Nous n'avons rien en commun.

— Qu'en savez-vous ?

— Mais c'est évident ! Vous habitez un palais, vous voyagez autour du monde, vous jouez au golf... Mon style de vie n'a rien à voir avec le vôtre !

Lucille éclata d'un rire frais, limpide. Ringo, jusque-là

177

silencieux, l'accompagna aussitôt d'une série de trilles suraigus. Lucille se leva pour recouvrir sa cage.

— Vous aurez tout le temps d'apprécier son chant, déclara-t-elle en se rasseyant.

Elle regarda Lou droit dans les yeux.

— A votre âge, je venais tout juste de rendre mon tablier pour épouser le père d'Alex. Ma famille était très pauvre. J'ai dû arrêter mes études, faute d'argent, et j'ai travaillé cinq ans comme serveuse de restaurant.

— V-vous ? Mais ce n'est pas possible !

Même dans ses rêves les plus fous, Lou n'aurait jamais osé imaginer « lady » Carson en petit tablier blanc. Comment, elle, l'archétype de la femme distinguée, raffinée jusqu'au bout des ongles ; elle, si chic et si racée, avait été une serveuse qu'on appelait d'un claquement de doigts ?

— Nous avons ramé comme des galériens, au début de notre mariage, et connu des années de vaches maigres ! poursuivait-elle de sa voix lente, distinguée. Mon mari a dû se faire lui-même sa clientèle. Il n'a pas eu la chance d'Alex !

— Mais vous semblez si riche...

— Nous avons eu la main heureuse dans nos placements. Mon mari a réussi quelques jolis coups en Bourse, et j'ai un certain sens des affaires. J'apprécie beaucoup mon confort actuel, mais le vrai bonheur, je l'ai connu lorsque nous n'avions pas un sou !

Elle s'interrompit, balaya le salon du regard, revint au visage de Lou et sourit largement.

— C'est à votre âge que j'ai vécu la plus belle période de ma vie. L'âge du rêve et de l'amour fou...

Lou se tut, brusquement gênée. Ainsi, Lucille était venue lui dire de ne pas l'envier, car c'était elle, Lou Bauer, qui avait tout ! D'un coup d'œil, la mère d'Alex avait deviné ses sentiments...

Lucille vérifia le cadran de sa montre.

— Mon Dieu, il se fait tard ! Mon avion décolle dans

quarante-cinq minutes. Merci infiniment pour tout... et j'espère que vous viendrez dîner à la maison avec Alex, dès mon retour !

— Je l'espère aussi, murmura Lou.

Elle était sincère. Et elle aurait juré que venait de s'allumer une lueur complice, dans l'œil bleu ciel de « lady » Carson.

Quelques instants plus tard, un drôle de bruit à sa porte l'alerta. Quelqu'un tambourinait impatiemment.

— Lou ! Ouvre vite, j'ai quelque chose d'important à te montrer !

— Lis cet article, exigea Trudy, à peine entrée. Là, le gros titre de la page 6, avec la photo.

— Mais c'est Alex ! s'exclama Lou, éberluée.

« Millionnaire d'un jour », disait la légende. Elle parcourut avidement les premières lignes :

« Alex Carson, trente ans, dentiste à Arlington, Virginie, est devenu multimillionnaire d'un coup en gagnant au Loto. »

— Lis le paragraphe suivant, insista Trudy, les yeux brillants. Tu vas voir, c'est incroyable !

« Mais Alex Carson ne restera pas longtemps millionnaire. Il a décidé de consacrer la majorité de ses gains à la fondation qu'il crée pour aider de futurs médecins à payer leurs études. Notamment ceux qui souhaitent se spécialiser en cardiologie pédiatrique. »

— En cardiologie..., répéta Lou, hébétée.

Elle regarda fixement Trudy.

— Mon Dieu, murmura-t-elle.

— Je te l'avais bien dit ! Tu as déjà vu un yuppie aussi sensationnel ?

Lou secoua la tête, interloquée, et revint à la photo. Alex souriait d'une oreille à l'autre en montrant son chèque. Mais... c'était à elle que ce sourire s'adressait !

— Alors? demanda Trudy, triomphante. Qu'en dis-tu?

— Je n'en reviens pas... Moi qui croyais si bien le connaître!

Elle s'était trompée sur toute la ligne. Non! Alex ne courait pas après l'argent. Non! il ne recevait pas de « grosses légumes » le samedi. Non! Lucille n'était pas la femme la plus snob de la ville...

— Oh, Trudy, ce que j'ai pu être bête!

— Tu n'es pas bête, lui rétorqua calmement son amie. Mais il est temps de le prouver! Que vas-tu faire?

Lou n'hésita pas une seconde.

— Alex revient demain. Ringo et moi, nous allons l'attendre sur son palier!

Le pied au plancher, Lou chantait à tue-tête et Ringo s'égosillait derrière elle. Leur joyeuse sérénade faisait se retourner les passants à chaque feu rouge. Lou débarqua dans l'immeuble d'Alex en balançant la cage à bout de bras, un miroir et un rouleau de scotch dans son grand sac fourre-tout. N'ayant pas la clé de l'appartement, elle allait se débrouiller avec les moyens du bord!

Elle commença par sonner. Juste pour s'assurer qu'il n'était pas là. Puis elle se mit à bricoler : elle fixa le miroir sur la porte avec deux gros bouts de papier adhésif, et y colla un message rose bonbon :

« Alex chéri, j'ai eu tort et je te demande pardon. »

Non! Ça n'allait pas du tout. Elle le chiffonna, en fit une petite boule qu'elle glissa dans sa poche, rédigea un autre message. Qui suivit le chemin du premier. Un quart d'heure plus tard, la poche gonflée de petites boules roses, à court de stickers elle se mit enfin à réfléchir : que voulait-elle dire exactement à Alex? La réponse fut immédiate. Elle saisit son rouge à lèvres, écrivit en travers du miroir :

180

« Yuppie, je t'aime ! » et fila se cacher avec Ringo derrière la porte de secours. Elle recouvrit la cage d'un mouchoir symbolique et attendit... attendit... une interminable demi-heure, l'une des plus longues de sa vie.

Elle entendit d'abord la porte de l'ascenseur. Puis des pas, qui s'arrêtèrent pile, sans doute devant le miroir. Son cœur s'affola. Que se passait-il ? Pourquoi ce silence ? Et s'il ne l'aimait plus ? Le front glacé, elle se tordit les mains.

— Lou ! cria Alex d'une voix tonitruante. Lou !

Elle ouvrit la porte avec fracas et se jeta dans ses bras. Il l'étreignit follement, la fit tournoyer sur le palier, la serra contre lui avec une fougue qui lui coupa le souffle.

— Je t'aime, chérie ! Oh, que je t'aime ! Tu m'as tellement manqué !

— Toi aussi, Alex ! Tout ce temps sans trébucher sur ton vélo, sans entendre la pompe de l'aquarium... c'était affreux !

Il la relâcha en riant, lui ouvrit la porte, la souleva dans ses bras comme une plume.

— Alex ! Mais... qu'est-ce que tu fais ?

— Je rattrape le temps perdu !

Il traversa le living-room.

— Lâche-moi, protesta-t-elle, tout en se blottissant contre lui.

— Tes désirs sont des ordres, mon cœur !

Il la lâcha, effectivement. Elle tomba juste au milieu du grand lit, sur la couette satinée qui n'attendait qu'elle. Il se coula contre son corps svelte et commença à la caresser tout en lui couvrant le visage de baisers doux et ardents.

— Alex, murmura-t-elle, je regrette tellement...

— Chut... Tout ça, c'est du passé, mon amour.

Il la regarda si tendrement qu'elle se sentit fondre. Il se noya dans les yeux de Lou, dont chacun contenait la moitié de l'aurore. Avec douceur, il lui retira sa veste, ses ballerines. Il entrouvrit le chemisier, glissa la main, posa une paume arrondie sur son sein, qu'il caressa avec bonheur. Puis il y posa sa bouche entrouverte, sentit la pointe devenir ferme entre ses lèvres.

— Alex... je suis à toi.

Alors, il la déshabilla tout à fait. Sa main glissa le long de la taille, des hanches, des cuisses, revenant sans cesse vers le centre de son désir, de sa féminité. Les yeux clos, Lou gémit doucement. Alex se débarrassa de ses vêtements et s'allongea sur elle, peau contre peau, emmêla leurs bouches, leurs membres. Il regrettait de n'être pas Shiva, la déesse aux bras multiples, pour la caresser partout à la fois, lui donner encore plus de joie, encore plus de plaisir. Lou brûlait, s'impatientait.

Elle prit la tête d'Alex, plaqua sa bouche contre la sienne, puis ses mains descendirent pour le guider en elle. Toutes les vagues de chaleur et de plaisir convergèrent, se rassemblèrent en une grande vague unique, déferlante, qui les poussait irrésistiblement vers un sommet vertigineux. Là, ils se fondirent ensemble dans un océan de flammes, ils éclatèrent, se consumèrent en une prodigieuse jouissance, qui les porta très loin aux sommets de l'extase et les laissa tremblants de bonheur partagé...

De longues minutes, ils restèrent immobiles, alanguis, les yeux clos, entièrement détendus. Ils flottaient dans une brume lumineuse et dorée, légère, sans frontière. Leurs visages exprimaient la plénitude d'avoir tant donné et tant reçu.

— Alex, chuchota Lou d'une voix languissante. Je ne pourrai plus jamais me passer de toi.

— Moi non plus.

Il posa le front sur son épaule. Sous sa main, ses seins étaient comme des pétales tièdes, soyeux et palpitants.

Il se redressa sur un coude et la dévisagea avec curiosité.

— Qu'est-ce qui t'a fait changer d'avis ?

182

Un sourire flotta sur les lèvres de la jeune femme, toutes gonflées de baisers.

— Des tas de choses, que j'ai apprises ces derniers jours. Par-dessus tout, ton absence, que je ne supportais pas. Et aussi ta mère...

— Ma mère ?

— Oui. Elle est venue m'apporter... Oh ! Alex ! Je l'avais complètement oublié !

Elle sauta du lit, enfila la chemise d'Alex, se précipita sur le palier... Tout allait bien. Derrière la porte de secours, elle entendit les piaillements à peine étouffés de Ringo. Sur le seuil de l'appartement, Alex, en jean, torse nu et médusé, la regarda arriver avec la cage.

— Profites-en pour ramasser ta valise, lui souffla Lou en passant calmement devant lui.

Il obéit, referma la porte derrière eux.

— Lou ! Je ne veux pas de cette bête ici !

— Voyons, Alex, commença-t-elle d'un ton conciliant, il n'est pas si terrible. Et c'est juste pour quelques jours...

Elle éleva la voix pour couvrir les trilles de Ringo.

— Dis donc, chérie, pourquoi prends-tu maintenant la défense de cette maudite bestiole ? Qu'est-ce que ma mère t'a raconté ?

— Ça, je te le dirai peut-être un jour... et maintenant, fais le guide ! Je veux visiter ton loft.

Il lui prit la main et la regarda avec une indicible tendresse, espérant qu'il avait choisi le bon moment pour lui poser la question :

— Lou, dit-il à voix basse, veux-tu être ma femme ?

Les larges yeux clairs s'élargirent encore.

— Tu veux dire... t'épouser ? Maintenant ?

— Tout de suite. Pour que tu emménages ici et que nous mélangions nos caisses et nos cartons !

Il lui décocha son sourire le plus éblouissant. Lou lui sauta au cou, les yeux pleins de larmes.

— Fais attention, yuppie, je crois que je commence à savoir gagner, moi aussi !

Ringo poussa un trille enthousiaste tandis que les deux amants s'enlaçaient dans le plus fougueux des baisers.

Rêves d'Amour
Rêves de femmes

Depuis toujours, l'Amour fait rêver les femmes ...

Découvrez tous les résultats du sondage en avant-première !

Depuis toujours, l'Amour fait rêver les femmes... Pour les Éditions Harlequin, 520 femmes représentatives de la population féminine française (interrogées par l'institut d'études IFOP) ont exprimé leur avis sur l'Amour. Sentimentales, passionnées, romantiques ou charmeuses, elles sont toutes d'accord sur un point : ce sont les écrivains qui parlent le mieux d'Amour ! Découvrez leurs réponses et participez à notre jeu pour gagner par tirage au sort jusqu'à 10 000 FF* pour vos coups de cœur ! Bonne chance !

1. Qu'est-ce qui vous fait le plus rêver d'Amour ?

a) un grand film romantique	32 %
b) un bon roman qui finit bien	30 %
c) une jolie musique douce	35 %

2. Ce qui vous touche le plus dans une histoire d'Amour, c'est :

a) l'intensité d'un coup de foudre	29 %
b) le bonheur de la réconciliation après une dispute	42 %
c) la passion des premières étreintes	22 %

* soit pour la Suisse SFr. 2 500 au cours officiel des Douanes au 05/12/96.

3. Quand vous lisez un roman d'Amour, vous aimez surtout...

a) vous imaginer à la place
   de l'héroïne — 17 %
b) vous laisser aller à la rêverie — 37 %
c) vous plonger dans
   une autre époque — 36 %

4. Comment est l'héroïne de roman d'Amour qui vous fait le plus rêver ?

a) sexy et malicieuse — 10 %
b) fragile et charmeuse — 26 %
c) volontaire et passionnée — 55 %

5. Si vous écriviez un roman d'Amour, laquelle de ces trois séductrices verriez-vous dans le rôle de l'héroïne ?

a) Sophie Marceau — 52 %
b) Isabelle Adjani — 36 %
c) Madonna — 3 %

6. L'Amour... qui en parle le mieux ?

a) les hommes — 18 %
b) les femmes — 30 %
c) les écrivains — 47 %

Intéressée par notre sondage ?

Pour chacune des 6 questions de notre sondage,
cochez la case correspondant au meilleur score.

---

*Pour participer au jeu ,renvoyez ce bulletin (ou recopiez-le sur papier libre) avant
le 31/05/97 à : HARLEQUIN - SERVICE LECTRICES - Jeu Sondage - 60505 Chantilly Cedex.*

1 : a □ - b □ - c □   **4** : a □ - b □ - c □

2 : a □ - b □ - c □   **5** : a □ - b □ - c □

3 : a □ - b □ - c □   **6** : a □ - b □ - c □

Nom : |__|__|__|__|__|__|__|__|__|__|__|__|__|__|__|__|

Prénom : _____

Adresse : _____

Code postal : |__|__|__|__|__| **Ville :** _____

• **Avez-vous déjà lu un roman Harlequin ?**

   oui □   non □

• **Êtes-vous abonnée ?** oui □   non □

Nous vous remercions de votre attention et vous souhaitons d'agréables moments de lecture…
À bientôt !

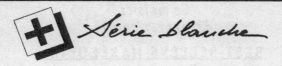

prochains rendez-vous le *avril*

EQUIPE D'URGENCE (1), *de Meredith Webber* • N° 381

Anxieux de faire ses preuves au sein de la prestigieuse Compagnie Royale des Secours Médicaux Aériens, le Dr Matthieu Laurant va devoir compter avec un coup de foudre pour le moins déstabilisateur.

EQUIPE D'URGENCE (2), *de Meredith Webber*

Ils avaient vécu un amour passionné, vibrant, intense. Alors qu'elle se croyait remise de la douloureuse rupture, Allysha Craig comprend qu'elle s'est trompée en voyant arriver le Dr Nick Furlong à la base de Rainbow Bay où elle travaille en tant que pilote.

UNE NOUVELLE VIE POUR LE DR ADAM, *de Judith Hunte* • N° 382

La vie de la jeune infirmière Jenny Tremaine bascule un jour, à l'aéroport d'Heathrow, lorsque ses yeux se posent sur un séduisant inconnu qui fait ses adieux à sa femme et ses enfants...

LES DEUX VISAGES DE SAM WILDE, *de Carol Wood*

Sam Wilde, vétérinaire de son état, est beau, riche et célèbre. Et toutes les femmes lui tombent dans les bras. Sauf une. Car Tessa Dance est bien décidée à le mettre en échec, pour une fois...

LE PRIX DU BONHEUR, *de Betty Neels* • N° 383

Pourquoi le Dr Tiele Raukema van den Eck s'est-il montré si généreux avec elle pour l'accabler ensuite de critiques et de sarcasmes ? Malgré son amertume, Rebecca Saunders ne parvient pas à le détester...

UNE ERREUR DE DIAGNOSTIC, *de Lilian Darcy*

Honteuse de s'être jetée au cou — et dans le lit — du beau Dr Callum Priestley, Megan joue à cache-cache avec lui à l'hôpital... depuis deux ans !

Ce mois-ci,
découvrez quatre
BEST-SELLERS HARLEQUIN.

LE DESTIN D'UNE AUTRE, de Charlotte Vale Allen
Rowena a toujours vécu dans l'ombre de sa sœur Claudia, à qui rien ni personne ne semble devoir résister. Aussi, lorsque celle-ci est trouvée morte dans d'étranges circonstances — un suicide, semble-t-il —, Rowena cherche-t-elle à comprendre. Peu à peu, elle se met malgré elle à endosser la personnalité à la fois fascinante et fragile de Claudia. Un processus dangereux qui se complique encore quand elle tombe amoureuse de l'ex-amant de sa sœur...

LA CORRUPTRICE, de Jasmine Cresswell
Pour arracher son fils aux griffes du Parrain du New Jersey, son beau-père, Caroline Hogarth est prête à tout. A mentir, à voler, à user de ses charmes, même. Un jeu où elle excelle depuis toujours. Jusqu'au moment où un pasteur croise son chemin, un homme qui lui-même a connu la prison, et ne semble devoir tomber dans aucun de ses pièges. Mais que peut un homme de bien, même aguerri, contre la puissance de la mafia?

UN AMOUR DÉFENDU, de Rebecca Brandewyne
Issu d'un milieu pauvre et marginal, Renzo Cassavettes s'est hissé au sommet à force de détermination et de talent. Devenu un journaliste brillant, il se sent enfin prêt à retourner dans sa ville natale, d'où l'ont chassé dix ans plus tôt les préjugés sociaux et une accusation de meurtre. Surtout, il se sent digne de reconquérir la femme qu'il aime depuis l'enfance, Sarah Kincaid. Mais dans une ville comme la sienne, certaines haines ne s'éteignent jamais...

LA FEMME SECRETE, de Mary Lynn Baxter - réédition du best-seller n°3
Alors que tout semblait la prédestiner à un bonheur parfait, Beth Melbourne va vivre la plus terrible des tragédies, et renoncer au seul homme qu'elle ait jamais aimé...

NOUVEAUTÉS HARLEQUIN

Finies les longues soirées d'hiver ! Avec le printemps, refleurissent nos envies : un bouquet de fleurs, un moment au soleil, un bon roman... C'est pourquoi nous avons préparé à votre intention une sélection spéciale de printemps, et des offres prix particulièrement intéressantes.

ROMANS COUP DE CŒUR *3 HOMMES IRRÉSISTIBLES*
Le 1ᵉʳ mars

Un séduisant et ambitieux homme d'affaires, un indomptable et solitaire cowboy, un ténébreux et énigmatique prince du désert : comment ne pas craquer ? Les héroïnes de ces trois romans, elles, n'ont pas su résister...
À votre tour, laissez-vous séduire !

OFFRE SPÉCIALE *3 ROMANS POUR LE PRIX DE 2*
Le 1ᵉʳ avril

Ne manquez pas notre coffret *3 romans pour le prix de 2*, composé de 2 romans inédits de la collection Rouge Passion (nᵒˢ 767 et 768), ainsi que d'un roman de la collection Suspense, réédité pour vous et gracieusement offert.

COFFRET *FÊTE DES MÈRES*
Le 15 avril

En cadeau, à l'intérieur, un ravissant bracelet
Quoi de plus doux que la fête des mamans ? À cette occasion, les Éditions Harlequin vous proposent un superbe coffret cadeau, composé de 2 romans sélectionnés pour vous : 1 Best-Seller plus 1 Rouge Passion, et, en cadeau, un ravissant bijou à s'offrir ou à offrir !

Composé sur le serveur d'Euronumérique, à Montrouge
PAR LES ÉDITIONS HARLEQUIN
Achevé d'imprimer en février 1997
sur les presses de l'Imprimerie Bussière
à Saint-Amand-Montrond (Cher)
Dépôt légal : mars 1997
N° d'imprimeur : 131 — N° d'éditeur : 6498

Imprimé en France